찰스

한윤섭 소설
찰스

초판 1쇄 발행 2019년 3월 22일
초판 3쇄 발행 2025년 6월 16일

지은이 한윤섭
그린이 조원희
펴낸이 이광호
주 간 이근혜
편 집 문지현
펴낸곳 ㈜문학과지성사
등록번호 제1993-000098호
주소 04034 서울 마포구 잔다리로7길 18(서교동 377-20)
전화 02) 338-7224
팩스 02) 323-4180(편집) 02) 338-7221(영업)
전자우편 moonji@moonji.com
홈페이지 www.moonji.com

ⓒ 한윤섭, 조원희 2019. Printed in Seoul, Korea

ISBN 978-89-320-3525-3 03810

이 책의 판권은 지은이와 ㈜문학과지성사에 있습니다.
양측의 서면 동의 없는 무단 전재 및 복제를 금합니다.

이 도서의 국립중앙도서관 출판예정도서목록(CIP)은 서지정보유통지원시스템 홈페이지
(http://seoji.nl.go.kr)와 국가자료공동목록시스템(http://www.nl.go.kr/kolisnet)에서
이용하실 수 있습니다. (CIP제어번호: CIP2019009181)

찰스

한윤섭 소설 | 조원희 그림

문학과지성사

1

자동차 소리가 가까워 온다. 오늘 성호가든의 첫 손님이다. 누워 있던 메리가 나와 짖기 시작한다.

멍 멍!

메리란 놈, 그렇게 짖지 말라는데 손님이 올 때마다 짖는다. 아직까지 손님인지 도둑인지 구분을 못한다. 개가 닭보다 똑똑하다는 말을 누가 만든 건지 알 수가 없다.

"메리, 너 조용히 안 해!"

주인 남자가 나와 개집을 걷어찬다.

크—응.

매번 발길질을 당해야 얌전해진다. 한 치 앞도 못 보는 멍청한 개.

오늘도 주인 남자는 닭장에 들어오기 전 짧은 생각에 잠긴다.

닭장으로 들어오는 의식이라도 되는 것처럼 빨간 장갑을 끼고, 앞치마를 두르고 닭장을 보고 있다. 난 저 눈빛이 마음에 들지 않는다. 닭장에 들어오기 전 닭장 안을 바라보는 저 눈빛, 꼭 닭한테 연민이라도 있는 것처럼 느껴진다. 닭 잡아 파는 남자가 닭한테 연민이 있을까.

설령 있다 해도 닭의 운명이 바뀌지는 않는다. 어차피 오 분 뒤면 닭 두세 마리가 저 남자의 손에 목이 비틀려 버둥댄다는 사실에는 변함이 없으니까. 결국 닭과 사람 사이에 연민 따위는 존재하지 않는다.

닭과 사람 사이에는 오직 본능만이 존재한다. 다가오면 달아나는 본능. 사람이 닭장으로 들어오면 닭은 아무 생각 없이 사람을 피해서 움직인다. 닭들은 사람이 두려워서 달아나는 게 아니다. 이 닭장 안에 있는 어떤 닭도 사람을 두려워하지 않는다. 그건 닭들이 자신의 운명을 인식하지 못하기 때문이다. 누가 잡혀 나갔는지, 어디로 끌려갔는지, 저기 저 성호가든 간판이 무엇을 의미하는지, 사람들이 털이 벗겨진 닭을 어떤 방식으로 거래하는지 닭들은 알지 못한다. 그래서 두려움이 없다. 그럼 의식이 있는 나는 어떨까? 난 의식이 있기에 두려워하지 않는다. 내 의식은 사람의 습성과 닭의 운명을 너무도 잘 파악하고 있다.

사람이 닭장 안에 들어와 움직이기 시작하면 닭들은 사람을 피해 일제히 돌기 시작한다. 바보들처럼 앞만 보고 열심히 움직인다. 하지만 난 다르다. 앞만 보고 달리는 닭들과 똑같이 행동하지 않는다. 난 사람에게서 시선을 떼지 않는다. 그게 방법이

다. 사람을 주시하며 움직임 하나하나를 파악하여 함께 있는 닭들보다 한발 먼저 움직인다.

그러니 다른 닭들과 함께 있는 한 난 사람을 두려워하지 않는다. 난 먼저 잡히지 않으니까. 어떤 일이 있어도 내가 마지막까지 남게 될 닭이니까.

만약, 아주 만약 함께 있던 모든 닭이 잡혀 나가고 내가 주인 남자와 단둘이 이 닭장 안에 서게 된다면, 그때라면 두려워할지 모른다. 그건 본능이니까. 다행히 난 수십 마리 닭과 항상 함께 있다. 가끔은 운명을 모르는 닭들과 달리는 것이 재미있는 놀이처럼 느껴질 때도 있지만 살기 위해 달아나는 게 기분 좋을 수는 없다.

그래서 어느 날은 분한 마음에 다른 닭들과 의기투합해서 사람과 맞서 보고 싶다는 생각도 한다. 만약 나와 이 멍청한 닭들이 의기투합을 한다면 어떤 일이 벌어질까. 문이 닫힌 닭장 안에서 오십 마리의 닭과 사람이 싸운다면 누가 이길까.

난 닭들이 이길 거라 생각한다. 사람은 피를 흘리며 죽어 갈 것이다. 그리고 죽어 가면서 이제껏 잡은 닭들에게 미안한 마음을 갖겠지. 아니다. 사람은 그런 존재가 아니다. 그런 죄의식을 가진 사람이라면 매일 이렇게 많은 닭을 잡진 않을 것이다. 결국 사람은 닭 오십 마리가 의기투합했다거나, 자신의 죄로 죽고 있다는 사실을 알지 못한 채 죽어 갈 것이다. 상관없다. 사람이 닭장에서 피를 흘리며 죽어 간다는 것만으로도 충분히 멋진 일이 아닌가. 이런 상상을 하면 기분이 좋아진다. 하지만 아쉽게도 성호가든에서 그런 일은 일어나지 않는다. 이 닭장 안에서 닭들의 의기투합 같은 훌륭한 생각을 할 수 있는 닭은 나뿐이니까.

주인 남자가 닭장으로 들어온다. 닭들이 소리를 지르며 움직이기 시작한다.
꼬꼬대, 꼬꼬꼬!
주인 남자는 목표를 정하지 않고 들어온다. 비슷한 크기의 수십 마리의 닭들 속에 목표를 정하는 것은 현명한 방법이 아니다. 닭장 안의 목표물은 순간순간 바뀐다. 결국 방심하고 최선을 다하지 않는 닭이 최종 목표물이 되는 것이다. 나처럼 의식을 가진 닭에게는 얼마나 다행한 일인가.
꼬꼬댁 꼬꼬꼬!
주인 남자의 움직임이 빨라진다. 덩달아 닭들도 빠르게 움직인다. 당황할 필요 없다. 침착하게, 주인 남자와 충분한 거리를 지키며 나와 주인 남자 사이에 다른 닭들을 유지시킨다.
꼬꼬댁 꼬꼬꼬!
닭 한 마리가 주인 남자의 손에 잡힌다. 이번에도 난 잡히지 않았다.

내 몸속에 사람의 영혼이 존재한다. 어느 날 눈에 보이지도 않는 작은 영혼이 바람에 실려 하늘을 떠다니다가 바람이 멈춰 선 곳 아래로 떨어졌다. 영혼이 떨어진 곳에는 닭이 있었고 그 영혼은 닭의 깃털에 내려앉아 닭의 몸뚱이로 스며들었다. 마치 사람들이 닭에게 먹이는 항생제가 몸속으로 퍼지는 것처럼 한 마리 닭의 살 속으로 녹아들었다. 그래서 난 닭이 되었다. 그 순간 난 나를 찰스라고 부르게 되었다. 아무것도 기억나지 않는다. 내가 언제부터 찰스였는지, 왜 찰스였는지. 내 기억은 그것뿐이다. 그래서 내가 찰스다. 난 살아남는다. 다른 닭들처럼 죽지 않는다. 벌써 이 년이나 버티고 있다. 이 닭장 안의 닭들은 모두 육 개월 안에 죽게 되어 있다. 그 시간이면 잡혀 먹기 가장 적당한 상태로 자란다. 난 이 살육의 현장에서 이 년이나 버티고 있다. 모두 내 피나는 노력 덕분이다. 팔굽혀 펴기, 높은 곳으로 뛰어오르기, 사뿐히 내려앉기. 이게 내가 살아남는 방법이다.

나이가 드니 몸이 예전 같지 않다. 그러니 운동을 하지 않으면 살아남을 수 없다. 닭고기 파는 집에서 수명이 제일 짧은 닭은 살찐 닭이다. 운동을 하지 않으면 언젠가는 사람의 목표가 되는 것이다. 주인 남자가 목표를 정하지 않고 닭장에 들어온다 해도, 닭들의 적이 주인 남자만 있는 것은 아니다. 닭들의 진정한 적은 이곳에 오는 손님이다. 아주 가끔 뒤뜰 닭장까지 찾아와 자신이 먹을 닭을 정해 주는 잔인한 손님들도 있다. 그들의 목표는 눈에 띄는 닭이고, 그건 언제나 살찐 닭을 의미한다. 주인 남자는 손님들의 선택을 거부하지 않고 언제나 실행한다.

난 대비하고 준비한다. 음식을 조절하고, 운동을 해서 적당한 체격을 유지하며 늙지 않는 것이다. 주인은 늙은 수탉도 가만두지 않으니까.

난 매일 아침 머리를 단정하게 빗고, 목청을 가다듬으며 내가 살아 있음을 확인한다.

―꼬끼오!

자동차 소리가 가까워 온다. 이번엔 손님이 아니다. 트럭에 실려 어린 닭들이 오는 시간이다.

트럭이 멈추고 사람 소리가 들리면 이번에도 메리가 짖기 시작한다.

멍 멍!

언제 짖어야 되는지 언제 가만있어야 되는지 분간도 못하는 바보. 짖는 것들은 겁쟁이다. 사나운 것들은 짖지 않고 조용히 다가와 공격한다. 그런 면에서 메리는 용감함을 찾아볼 수 없는 동물이다.

주인 남자가 어린 닭들이 든 상자를 들고 닭장 안으로 들어온다. 안에 있던 닭들이 달아나기 시작한다. 정말 머리 나쁜 닭들이다.

"이 닭대가리들아, 도대체 왜 생각을 하지 않는 거야. 보라고. 똑바로 보란 말이야. 지금 닭 잡으러 온 게 아니잖아. 지금은 새로운 닭들이 들어오는 시간이잖아. 얼마나 지나야 구분할 수 있어? 지금은 주인 남자가 닭을 잡으러 온 게 아니라고 이 멍청한 닭들아. 이 순간이라도 여유로운 모습을 보여 봐!"

닭들을 향해 소리쳤다. 목소리가 너무 컸는지 주인 남자가 내가 있는 쪽으로 고개를 돌린다. 하마터면 주인 남자와 눈이 마주칠 뻔했다.

안 된다. 사람과 눈을 마주쳐서는 절대 안 된다. 눈이 마주치면 나를 다른 닭과 구분하게 되고, 구분하면 기억하게 되고 기억하기 시작하면 특별한 감정이 생기게 되고, 언젠가 그 특별한 감정에 금이 가면 날 잡으러 오는 것이다. 주인 남자에게 난 그냥 아무 의미 없는 한 마리 닭이어야만 한다.

주인 남자가 닭장에 어린 닭들을 풀어 준다. 좁은 상자에서 빠져나온 어린 닭들은 어떤 운명이 자신들을 기다리는 줄도 모르고 마냥 좋아서 퍼드덕거린다. 닭장 안은 새로 들어온 닭들과 먼저 있던 닭들이 뒤엉켜 더 소란스러워진다.

그사이 주인 남자가 닭장 안으로 채소들을 잔뜩 밀어 넣는다. 닭들은 채소의 목적도 모른 채 우르르 달려들어 제 몸을 살찌운다. 주인 남자는 흐뭇한 눈으로 어린 닭들이 토종닭이 되어 가는 모습을 지켜본다. 그리고 잠시 후 메리의 밥그릇에도 삶아 놓은 닭 내장을 한 바가지 부어 주고 들어간다.

메리 놈, 정신없이 잘 먹는다. 개가 닭의 창자를 닭장 옆에서 먹는다. 이보다 잔인한 일이 어디 있을까.

오늘도 한 치의 오차도 없이 성호가든 뒷마당의 일상이 반복되고 있다.

2

 낮이 가면 밤이 온다. 성호가든에도 잠깐의 평화가 찾아온다. 밤은 낮보다 빠르게 흐른다. 모두들 잠들어 있기 때문이다. 난 매일매일 이 시간이 오기를 기다린다. 삶과 죽음의 긴장에서 벗어나 조용히 나를 탐색할 수 있는 시간.

 마지막 손님들이 떠나고, 주인 남자가 메리의 목줄을 풀어 주면 성호가든의 밤이 시작된다. 목줄 푸는 주인 남자 앞에서 메리는 더 얌전한 척이다. 말썽 부리지 않겠습니다. 거역하지 않겠습니다. 다짐이라도 하듯 주인 남자가 집 안으로 들어갈 때까지 꼬리를 흔든다. 순진하고 사랑스러운 척하는 개의 모습이라니. 닭보다 몇 배나 큰 메리의 몸뚱이는 비겁함으로 가득 차 있다. 그러면서 난 사람들의 친구일 뿐이야. 난 사람을 좋아해. 사람들도 나를 좋아해, 라고 떠드는 모습이란 언제나 봐주기 역겹다.

"메리, 집 잘 지켜!"

주인 남자가 집 안으로 들어간다. 잠시 후 불이 모두 꺼진다. 이제 아침이 올 때까지 성호가든의 뒤뜰은 메리의 세상이다. 안타깝게도 성호가든에 닭이 주인공이 되는 시간은 없다.

목줄이 풀린 메리는 낮의 흔적을 찾아 이리저리 돌아다니면서 킁킁거린다. 적당히 냄새를 즐기며 소변으로 성호가든 이곳저곳에 영역 표시를 한다. 그리고 울타리 근처 좀 더 컴컴한 곳을 찾아가 어정쩡하게 엉덩이를 내리고 몸속에 있는 것을 비워 내는 것으로 밤을 시작한다. 뒷다리를 구부리며 힘을 주고 있는 메리의 모습은 정말 우스꽝스럽다. 닭들은 저렇게 한심한 모습으로 볼일 보지 않는다.

매일 밤 닭들 속에 있던 내장이 저기 메리의 똥으로 바뀌고 있다. 닭장 안에 있는 것도 닭이고 저기 밖에 있는 메리의 똥도 닭이고, 메리의 배 속에는 아직도 닭이 많이 남아 있다. 메리는 몇 년 동안 닭 내장만 먹고 있다. 그러니 메리의 몸도 닭으로 변해야 하는데 아직까지 닭으로 변하지 않았다.

"찰스, 아직 살아 있나?"

메리의 목소리는 낮고 묵직하다.

"왜 이래 정말, 모두들 자는 시간이야."

"찰스, 우린 형제다. 내 몸은 지금 개의 모습을 하고 있지만 내 몸을 이루는 모든 것은 닭으로 만들어졌다."

"메리, 우리가 배춧잎을 먹는다고 해서 우리가 배추와 형제는 아니야."

"지껄이는 닭이란…… 상대해 줄 가치도 없어. 어차피 너의 내장도 내 내장 안으로 온다. 여기 있는 닭들은 모두 이 속을 거치잖아. 이 배 속에는 성호가든을 한 바퀴 두를 만큼의 긴 터널이 있다. 너희는 모두 이 터널을 지나야 한다. 그러니 우린 형제다."
닭의 몸도 지긋지긋한데 개와 형제라니 끔찍하다.
"난 그런 더러운 창자 속을 지나가지 않는다. 난 죽지 않으니까."
"잘 버텼지. 찰스, 이 년 잘 버텼어. 지금까지는 잘 버텼지만 언젠가는 너도 죽을 거야. 그리고 사람의 몸속으로 스며 들어가고, 또 나머지는 내 배 속으로 올 거야."
"그럴 일은 없어, 메리. 아무도 날 여기서 끌어내지 못해. 내 운명은 내가 결정하기 때문이야."
"찰스, 닭은 절대로 자신의 운명을 결정할 수 없어!"
"난 닭이 아니라고 했잖아."
"매일같이 자신을 부정하는군."
"넌 바보니까 나처럼 닭의 몸을 가진 사람이 자신의 운명을 개척해 나가는 것을 이해 못하는 거야. 멍청한 개니까."
내가 말하는 동안 메리가 닭장 주위를 돈다. 메리는 나를 다른 닭들과 구분해 내고 싶어 안달이 났지만 이 년 동안 찾아내지 못했다.
"메리, 그렇게 닭장 주위를 으르렁거리며 돌아다녀 봐야 아무 소용없어. 넌 날 해치지 못해."
"정말 그럴까?"

메리가 으르렁거린다.

"메리, 네 목소리에 닭들이 움직이기 시작했어. 하지만 난 아니야. 난 개를 두려워하지 않아."

그 말에 메리가 낮은 목소리로 웃었다.

"이 발톱으로 흙을 조금만 파면 닭장 안으로 들어갈 수 있어. 어려운 일이 아니야. 찰스, 방법은 그것만 있는 게 아니야. 잠겨 있지 않은 이깟 빗장 정도는 개도 얼마든지 열 수 있지."

나는 대꾸하지 않았다.

"쳇! 찰스, 아직 못 믿겠다는 거지?"

순간 메리가 두 발을 들어 닭장 문에 기대섰다.

"이렇게 두 발로 선 다음 앞발로 밀면 열리는 거야. 자, 이렇게."

메리가 한 발로 빗장을 밀자, 빗장이 조금씩 움직였다.

"천천히, 아주 천천히 밀리는 게 보이지? 조금 남았어. 이렇게."

'털컥.'

가슴이 철렁했다. 주인 남자가 닭장에 들어올 때 나는 소리다. 빗장이 한쪽 끝까지 밀린 것이다.

"이제 문틈 사이로 고개를 밀어 넣으면 되는 거야."

닭장 문이 열리고 메리의 머리가 반쯤 닭장 안으로 들어왔다. 나도 모르게 날개를 퍼덕거렸다. 다행히 몇 마리의 닭이 함께 움직여 메리는 나를 보지 못한 것 같다.

"모두들 조용히 해! 걱정하지 마. 난 들어가지 않을 거야."

메리가 닭장에서 얼굴을 빼고 문을 닫았다.

"찰스, 나도 이 정도의 지능은 가지고 있어. 그런데 내가 가지고 있는 게 하나 더 있어. 너 있는 곳으로 들어가지 않는 인내심도 가지고 있지. 그래서 넌 행운아야. 우린 만년 동안 사람들에게 길들여졌거든. 산과 들에서 살다가 사람과 살면서 인내심을 배우는 데 만년이 걸린 거야. 그래서 내가 더 오래 살 수 있는 거야. 매일 열 마리씩 잡혀 나가고, 또 열 마리씩 채워지는 너희 닭들과는 신세가 달라. 난 경계를 유지할 수 있거든. 사람과 개의 경계, 닭과 개의 경계, 개와 개의 경계, 그리고 사람이 싫어하는 것과 싫어하지 않는 것의 경계. 난 잘 알고 있지."

말을 끝낸 메리가 여유롭게 고개를 돌렸다. 닭장 문을 열었다고 내 앞에서 잘난 척을 하는 것이다. 메리를 이대로 보낼 수 없다. 이대로 보내면 난 빗장이 열려 겁먹은 닭이 되고 메리는 스스로 경계를 유지하는 영리한 개가 되는 것이다. 자존심이 허락하지 않는다.

"그래 잘 알고 있어. 네가 경계를 잘 구분한다는 거. 네 경계란 항상 목에 달린 줄의 길이만큼이잖아. 그게 네 경계라는 걸 나도 잘 알지. 그리고 비겁하게 그것을 목줄만큼의 자유라고 말하고, 또 목줄만큼의 경계라고 지껄이지. 목이 줄에 묶인 신세? 그런 동물이 경계를 얘기할 수 있나. 닭은 목이 묶인 채 살아가지는 않아. 그럴 바에는 죽지."

메리가 닭장을 노려본다.

"그게 우리의 차이야. 만년이 지나는 동안 사람과 살기 위해

서 우리 몸에 체득된 결과물이지. 인내가 항상 고통스러운 것은 아니야. 인내에는 항상 대가가 따르지. 인내의 달콤한 면을 모르는 것들은 이해할 수 없어. 그냥 보이는 이 목줄이 전부라고 생각하니까. 그러니 내가 너보다 더 오래 사는 거야. 언제 잡혀 죽을지 모르는 닭의 운명과 만년 동안 사람의 친구가 된 개와 비교하지 마."

메리는 참고 있었다. 그래서 난 더 자극하고 싶어졌다.

"수컷인 너에게 메리란 암컷의 이름을 아무렇지 않게 붙여 준 사람이 너의 친구지."

"난 내 이름을 좋아해."

"그렇겠지. 넌 자존심 따위는 없는 동물이니까."

"찰스, 널 정말 가만두지 않을 거야."

메리가 으르렁거린다. 역시 개의 인내심은 오래가지 못한다.

"난 너보다 더 오래 살아. 장담할 수 있어."

"찰스, 또다시 그런 장담을 한다면 정말 널 죽일 거야."

"넌 나에게 아무런 해도 입힐 수 없어. 내 모습이 보이지 않잖아."

"수십 마리의 닭들 속에 숨어서 항상 목소리만 내고 앞으로 모습을 드러내지 못하는 겁쟁이지. 이 년 동안 그 짓을 했으니 이제 모습을 드러낼 때도 되지 않았나."

"이럴 때 지혜라는 말을 쓰는 거야. 개가 아무리 냄새를 잘 맡아도 목소리를 냄새로 구분할 수는 없지."

"거기 들어가 닭들을 모조리 죽이고 나면, 너도 그 안에 죽어

있겠지. 어쨌든 넌, 네 차례에 고통스러워하며 죽어 갈 거야. 그 순간 네가 그 비겁한 닭, 찰스였다고 말하고 안 하고는 네 선택이야. 하지만 네가 이렇게 입만 살아 있는 걸 보면 넌 그 순간이 되면 분명 너였다고 실토하고 말 거야."

여기 들어와 닭들을 모조리 죽이겠다니? 개 한 마리가 그렇게 대단한 존재인가. 닭 오십 마리가 그렇게 하찮은 존재인가. 난 닭의 존재를 너무 우습게 아는 개 때문에 정말 화가 났다.

"좁은 닭장 안에서 닭 오십 마리랑 개 한 마리랑 싸우면 누가 이길까."

"감히 닭이 개에게 그런 소리를 해! 오백 마리 정도는 돼야지 상대가 되지 않을까."

이제 메리도 화가 났다.

"메리, 닭장 안으로 들어와 봐. 네가 사람이 나올 때까지 나를 잡는지 내기해 보자. 넌 절대로 나를 잡을 수 없어. 넌 개일 뿐이니까. 자칫 잘못하면 넌 이 밤, 네가 생각하는 그 한 뼘의 자유까지도 잃게 될 거야."

메리가 식당과 닭장을 번갈아 쳐다본다.

"갈등하고 있구나. 그래 판단력이 흐려지는 시간이야. 만년 동안 길들여져 온 개의 습성을 잠시 버리고, 사람의 물건에 해를 입히고 자유를 잃을 것인가, 아니면 그 알량한 자유를 지키기 위해 비겁한 뒷모습을 보일 것인가 네가 판단해야 할 거야."

"내 판단이 궁금하지?"

닭장 문이 열리고 메리의 몸이 닭장 안으로 들어왔다. 성호가든에서 기억이 시작된 후 처음 있는 일이다. 어둠 속에서도 메리의 하얀 이빨이 보였다. 가슴이 뛰기 시작했다. 정말 오십 마리를 다 죽일 수 있을까. 그런 일이 가능할까. 아니다. 난 두려워하지 않는다. 난 사람이든 동물이든 닭 잡으러 온 존재들을 두려워하지 않는다. 매일 사람과 대치하고 있는 나에게 개는 하찮은 존재일 뿐이다. 가슴이 뛰는 것은 아주 작은 본능일 뿐이다. 내가 두려워하기에는 닭장에 닭이 너무 많이 살아 있다. 나는 마음을 다잡았다.

"이것 봐, 메리. 넌 아무리 만년을 교육 받았다 해도 본능에 충실한 늑대일 뿐이야. 이성을 잃고 있잖아."

"난 날고기는 좋아하지 않아. 사람들이 날 위해 시간을 투자해 만든 익힌 음식을 좋아하지. 그런데 오늘은 네 버르장머리 없게 생긴 목을 자근자근 물어 버릴 거야. 숨통을 끊어 놓는 거지. 입 한가득 네 목을 물고 있으면 네가 숨을 쉬어 대겠지. 애써 끌어올린 숨들은 목을 타고 내려가다 말고 구멍 뚫린 목을 빠져나와 다시 내 입으로 들어올 거야. 그렇게 넌 죽어 가는 거야!"

메리가 날 찾으려고 닭장 안을 돌아다니자 놀란 닭들이 메리를 피해 이리저리 뛰어다닌다.

난 이층 선반으로 뛰어올라 구석으로 몸을 숨겼다. 제아무리 날쌘 개가 뛰어올라도 발이 닿지 않는 곳, 낮에 숨어 있다가는 사람에게 괜한 눈총을 받을 수 있지만 어둠 속에서 개의 눈을 피하기에 너무나 적당한 나만의 장소다.

"그래, 메리. 그렇게 닭장 안을 휘젓고 다니는 거야. 그렇지.

닭들이 소리를 지르며 멍청한 개를 피해 닭장 안을 날아다닌다! 그렇게 도망 다니다가 어느 재수 없는 닭이 잡히고, 닭은 비명을 지르며 죽게 되겠지! 그러면 사람이 나오는 거야."

메리가 내 소리를 찾아 이쪽저쪽으로 고개를 돌린다. 그러다가 구석에 웅크리고 있는 수탉에게 달려든다.

"잡았다 찰스! 앙—앙."

메리가 수탉의 목을 물었다. 목이 물린 수탉이 비명을 지른다.

"아니야, 메리. 네가 물고 있는 그 닭이 아니야! 난 여기 있어."

메리가 나를 향해 다시 고개를 돌린다.

"찰스 널 죽일 거야!"

"메리, 넌 완전히 이성을 잃었어. 하하하."

그때였다. 집 안에 불이 켜졌다. 잠시 후 주인 남자가 식당 뒷문으로 나와 닭장 불 스위치를 올렸다. 닭장이 환해졌다. 주인 남자가 닭장 안에 있는 메리를 발견했다.

"메리, 주인 남자가 오고 있어. 우리 목소리가 너무 컸나 봐. 이제 시간이 없어. 빨리 날 찾아보라고."

메리도 주인 남자를 본다. 초조해진 메리가 또 한 마리에게 달려들어 목을 물었다.

"메리! 메리! 너 안 나와?"

주인 남자가 소리치며 닭장으로 들어왔다. 손에는 이미 몽둥이가 쥐어져 있다.

"너 미쳤어? 왜 이래. 왜 안 하던 짓을 해!"

주인 남자가 메리의 목줄을 잡고 흔들었다. 그래도 메리는 물고 있던 닭을 놓지 않는다.

"이거 안 놔? 이 개새끼 너 죽고 싶어?"

주인 남자가 들고 있던 몽둥이로 내리쳤다. 그런데도 메리는 악에 받친 듯 닭을 놓지 않는다. 나를 향한 분노의 표시가 분명하다. 그래서 나도 악을 쓰며 소리쳤다.

"그래, 버텨 보는 거야. 몇 대 맞는 것쯤은 참아 낼 수 있잖아. 넌 나보다 두꺼운 가죽이 있으니. 그래, 절대 놓지 않는 거야. 닭 목을 질겅질겅 씹는 거야. 그 정도 자존심은 있어야 하는 거 아니야? 한 대, 두 대, 그래, 메리 참는 거야!"

순간 메리의 시선이 빠른 속도로 내가 있는 이층 구석으로 향했다. 메리와 눈이 마주쳤다. 처음으로 메리가 나를 본 것이다. 그제야 메리는 물고 있던 닭을 내려놓는다. 메리의 입에서 풀려난 닭은 살아 있지만 목이 부러져 일어나지 못한다.

"네가 고집 부리면 어쩔 거야! 빨리 안 나가?"

주인 남자가 메리를 끌고 나갔다. 닭장을 빠져나가면서도 메리는 내게서 눈을 떼지 않았다. 나를 기억하려는 게 분명하다.

"메리, 날 찾은 거야? 날 구분한 거냐고? 아니야 모르겠지?"

메리는 대꾸하지 않았다.

"쳇, 사람에게 끌려가는 개의 모습이란. 역시 넌 겁 많은 개야. 난 네 목에 다시 목줄이 채워질 걸 알았어. 네가 닭장 안에 들어올 때 확신했지. 넌 네가 말하는 경계를 유지하지 못해 오늘 밤 자유를 빼앗긴 거야."

주인 남자가 메리의 목줄을 채웠다. 그리고 다시 닭장 안으로 와 쓰러진 닭을 집어 든다. 닭들은 이미 죽어 있다.

"왜요? 무슨 일 있어요?"

어느새 주인 여자가 뒷문 앞에 나와 있었다.

"메리가 닭장에 들어갔다."

주인 남자가 대답했다.

"메리, 왜 그랬어? 너 그런 일 없었잖아. 어쩐 일일까. 우리 착한 메리가."

주인 여자가 손을 더듬거리며 메리에게 다가간다.

메리가 웃으면서 주인 여자를 반긴다. 방금 전까지 흥분해서 세상에서 가장 용감한 개처럼 닭장을 뒤집어 놓다가, 주인 남자의 몽둥이에는 가장 불쌍한 모습으로 신음을 하더니 이제는 세상에서 가장 온순하고 사랑스러운 개의 모습으로 주인 여자에게 꼬리치고 있다. 사람들은 만년이 지나도록 개의 간교함을 모르고 있다.

"메리, 이제 닭장에 들어가지 마. 그러면 안 돼."

주인 여자의 말에 메리가 또 꼬리를 친다. 하지만 주인 여자는 보지 못한다. 그녀는 눈이 조금씩 나빠지더니 이제는 가까운 것도 잘 보지 못한다. 그녀의 나이는 열여덟이고 주인 남자의 딸이다. 그런데 주인 남자에게 아저씨라고 부른다. 내가 그녀에 대해 아는 건 이게 전부다.

"아저씨, 오늘은 별이 떴어요?"

"별 쏟아지고, 달도 제법 커졌어."

주인 남자가 퉁명스럽게 대답한다.

"나도 볼 수 있으면 좋겠다. 갈수록 더 보이지 않아요."

"약을 잘 먹으면 좋아질 거야."

"그렇게 오랫동안 약을 먹었는데 오히려 시력이 더 나빠졌어요."

"계속 먹어. 눈에 좋은 약이야. 언젠가 좋아지겠지."

"약을 먹으면 먹을수록 더 보이지 않는 것 같아요."

"무슨 말이 하고 싶은 거야?"

"아니요. 다른 뜻 없어요."

"그만 들어가자."

"내 눈이 왜 갑자기 더 나빠지는 걸까요?"

"누구나 갑자기 병에 걸리는 거야. 눈이 보이지 않는 것도 그냥 병일 뿐이야. 감기 같은."

"그런데 왜 갑자기 그랬을까요?"

"시력은 계속 나빠지고 있었던 거야. 갑자기 알게 된 것뿐이지."

"홀에서 일하던 사람이 또 나갔어요. 왜 나갔을까요? 아무 말도 없이."

"사람이야 또 구하면 돼."

"아저씨는 알아요? 왜 말없이 사라졌는지?"

주인 남자가 주인 여자를 노려본다.

"그걸 내가 어떻게 알아! 일이 힘들었나 보지. 배가 불렀거나. 이런 곳에 오는 것들은 다 똑같으니까. 그러니 똑같은 것들은 얼마든지 구할 수 있어."

"좋은 사람이었는데."

"더 좋은 사람 소개 받기로 했어."

주인 남자가 들어갔다.

"메리, 나 들어간다. 이제 닭장에 들어가지 마. 그러면 안 돼."

주인 여자도 들어간다. 다시 불이 꺼진다.

그제야 메리가 닭장 쪽을 쳐다본다.

"메리, 난 항상 여기 있어. 언제고 다시 와도 돼."

"찰스, 넌 운이 좋았어."

"운이 아니라 너보다 머리가 좋은 거야."

"오십 마리 다 잡는 방법이 있다고 했잖아. 새벽에 시끄럽게 울지 마라."

미안하지만 나도 그 일은 만년도 넘게 해 온 일이다.

3

 새벽이 되면 몇몇의 암탉들이 알을 낳기 시작한다. 운이 좋아 육 개월을 버텨 살아남은 닭들이다. 닭들은 낳지 말라고 아무리 말을 해도 알아듣지 못한다. 죽기 전에도 알을 낳는 바보들. 그래서 닭대가리라고 불리는 것이다.
 닭들은 사람이 만들어 놓은 바구니에 올라가 알을 낳는다. 꼭 누가 시키기라도 한 것처럼. 정말 신기한 일이다. 알을 낳는 바구니는 사람이 애써 닭장 안으로 들어오지 않도록 설계되어 사람은 닭장 밖에서도 쉽게 알을 얻을 수 있다. 그런 것도 모르고 닭들은 질서 있게 순번까지 지키며 알을 낳는다. 생각 좀 하며 살라고 그렇게 말을 해도 알아듣지 못하던 닭들이 이런 건 가르쳐 주지 않아도 알아서 한다. 이건 닭의 영리함이 아니라 사람들의 영리함이다.

주인 남자는 매일 아침 계란을 수거해 가며 하나는 메리의 밥그릇에 던져 주고, 하나는 자신이 먹는다.

메리는 아침 달걀을 먹을 때 유독 주인 남자를 자주 쳐다본다. 아무리 생각해도 메리란 놈은 계란의 맛보다 먹는 순간을 즐기는 게 분명하다. 자신이 사람과 같은 걸 먹는 기분. 그렇지 않고서야 제 밥그릇의 계란을 먹으면서 주인 남자를 힐끗거릴 이유가 없다.

계란 바구니를 들고 갔던 주인 남자가 빨간 장갑을 끼고 나온다. 서둘러 닭 잡으러 온 걸 보니 예약 손님이 있는 날이다. 이런 날은 아침부터 바쁘게 돌아야 한다.

오늘도 주인 남자는 닭장으로 들어오기 전 짧은 생각에 잠긴다. 매번 뭘 그렇게 생각할까.

"난 죽어서 닭으로 태어날 거다."

주인 남자가 혼잣말을 했다. 닭으로 태어나다니. 정말 그렇게 생각하는 걸까.

"그래, 그럴 거야. 어쩌면 이 닭장으로 올 수도 있겠지."

또 중얼거린다. 사람이 닭으로 태어나다니. 주인 남자가 나와 같은 닭의 존재를 알고 있는 걸까? 갑자기 기분이 이상하다.

그사이 닭장 문이 열렸다. 생각은 거기까지. 지금은 열심히 달려야 할 시간이다. 닭은 머리가 작아서인지 생각하면서 달리지 못한다. 그러니 지금은 달리기에만 집중, 방심은 금물이다.

꼬꼬댁, 꼬꼬댁!

닭 두 마리가 주인 남자의 손에 들려 있다. 오늘 아침에도 난 건재하다.

주인 남자는 잡은 닭을 두꺼운 나무 도마로 가져가 죽이고 손질까지 한다. 닭을 잡는 도마는 닭장 철망과 맞닿아 고정되어 있고, 주인 남자가 서서 작업하기에 적당한 높이로 맞춰져 있다. 닭을 손질하는 주인 남자의 과정은 항상 매끄럽다. 그는 닭의 죽음을 즐기는 듯하다.

한 바퀴, 두 바퀴, 세 바퀴, 잡혀 나간 닭의 목이 주인 남자의 손에서 돌아간다. 그다음 검정색 창칼이 닭의 목을 지나간다. 그래도 닭은 쉽게 죽지 않는다. 닭은 몸이 거꾸로 들려 피를 쏟으며 눈을 껌벅거린다. 가끔 죽어 가는 닭과 눈이 마주치지만 내가 해 줄 수 있는 건 없다. 죽어 가는 닭도 내게 뭔가를 바라지 않을 것이다.

숨이 끊어진 닭은 따뜻한 물에 담겨 선반 옆 기계로 들어가 털을 벗는다. 기계도 선반도 모두 닭장 옆에 붙어 있다. 나처럼 의식을 가진 닭에게는 너무 잔인한 배치다.

피 묻은 도마와 털 뽑는 기계 옆에서 목숨을 유지하느니 스스로 삶을 포기하는 편이 낫다는 생각을 자주 했다. 하지만 불행하게도 닭의 몸은 스스로 목숨을 끊을 수 있게 만들어지지 않았다. 내가 죽을 수 있는 유일한 방법은 주인 남자가 닭장에 들어왔을 때 그의 앞에 당당히 나서서 목을 내놓는 것이다. 그게 유일한 방법이다. 그러나 그건 죽음보다 더 큰 용기가 필요한 일이다.

멀리서 자동차 소리가 가까워 온다. 메리가 나와 짖기 시작한

다. 한 치의 오차도 없다. 닭보다도 못한 멍청한 개.

하지만 지금은 손님 올 시간이 아니다. 그렇다고 어린 닭들이 오는 시간도 아니다. 그놈이 온 것이다. 메리가 싫어하는 그놈이.

"메리, 이 자식, 너 나 알면서 왜 자꾸 짖어. 시끄럽게."

직업소개소 사장이 메리에게 소리를 치며 뒷마당으로 온다. 그는 한 달에 몇 번 닭고기를 먹으러 오고, 또 아주 가끔 일하는 사람을 데리고 온다. 그는 젊다. 그런데도 주인 남자와 말을 할 때면 나이 든 사람인 척한다. 주인 남자와 특별한 인연이 아니면서도 올 때마다 가까운 사이인 척 행동한다. 메리는 다른 사람이 올 때보다 그가 올 때 더 악을 쓰며 짖어 댄다. 기분 나쁜 느낌은 닭이나 개나 마찬가지인 것 같다. 그가 닭에게 못된 짓 하는 걸 본 적은 없지만 야비하게 생긴 얼굴이 언젠가 무슨 일을 저지를 것 같아 기분 나쁘다. 그래도 다행인 건 그가 수탉 고기를 좋아하지 않는다는 사실이다. 나는 그가 하는 말을 들은 적이 있다.

'난 수탉고기는 질겨서 싫어. 맛이 없어.'

얼마나 멋진 말인가. 이건 내가 사장에게 잡아먹힐 일은 없다는 뜻이다.

"아침부터 닭 많이 잡네. 단체 있는가 보네. 헤헤."

사장의 뒤로 처음 보는 여자의 모습이 보인다. 주인 여자의 말대로 누군가 또 사라진 것이다.

"중국에 살 때도 식당에서 일했고, 한국에서도 식당에 있었고. 들어갈 때가 되었는데, 기왕 한국 들어온 거 돈 좀 더 벌어 간다고 남았어요. 저도 마음대로 움직일 처지가 못 돼요. 불법

체류자."

사장이 주인 남자에게 조용히 말했다. 나는 그가 돈이 되는 일이면 뭐든 한다고 말하는 걸 본 적이 있다. 그 '뭐든'이 무엇을 의미하는지 닭의 머리로 유추하기란 어려운 일이지만 그가 좋은 사람이 아니라는 건 느낌으로 알 수 있다. 지금도 좋지 않은 냄새가 난다.

"믿어도 되지?"

주인 남자가 새로 온 여자를 힐끗 보고 말한다.

"당연하지요. 내가 소개해서 문제된 적 있어요?"

주인 남자의 물음에 사장이 비열하게 웃으며 대답한다.

"근데 뭐하러 매번 죽이고 털을 뽑아요? 산 채로 기계에 집어넣고, 뜨거운 물 부으면 털 뽑히면서 죽겠지."

난 내 귀를 의심했다. 산 채로 집어넣으라니. 사람들의 잔인함은 어디까지일까.

"그건 너무 잔인하잖아. 숨통 정도는 먼저 끊어 줘야지."

닭집 주인이라고 좀 나은 걸까. 아니다. 다 똑같은 사람들이다.

"그 마음을 닭이 알아줄까요. 산 채로 기계에 넣지 않고 숨통을 끊어 줘서 고맙습니다. 이리 죽나 저리 죽나 닭 입장에서는 마찬가지죠. 팔 아프다면서 고집은. 그게 다 닭 때문에 그렇다니까요. 우리 먼 친척 아저씨가 있었는데 이 사람이 옛날에 시장에서 닭을 잡았어요. 사장님처럼 손으로. 이십 년 닭 잡다가 여기 손에 마비가 왔어요. 그래 이 병원 저 병원을 다녔는데 이유를 찾지 못하는 거예요. 팔은 아픈데 병원에 가면 이상하게 증상

이 나오지 않으니까. 제아무리 용하다는 한의원에서 침 맞아도 효과가 없고. 그러다 죽었는데, 죽기 전까지 팔에 감각이 없었대요. 오줌도 혼자서 못 눴다고 하더구먼. 근데 그 아저씨가 죽기 전에 실토를 했어요. 닭이 그런 거라고."

"닭이?"

"네, 닭이. 닭이 목이 비틀려서 죽어 가면서 뿜어내는 열기가 대단하다고 하던데요. 그러니 매번 그 열기에 팔을 덴 거지요. 수만 번 화상을 입은 셈이지요. 그게 닭이 해코지를 한 거라니까요."

사장이 달걀을 꺼내면서 말했다. 그는 매번 올 때마다 닭장에 와서 달걀을 꺼내 먹는다. 주인 남자는 아무 말 하지 않는다.

"닭이 사람을 해쳐?"

주인 남자가 못 믿겠다는 듯 사장을 쳐다본다.

"내 말 안 믿네. 그러다 큰일 나요."

주인 남자가 손에 잡고 있던 닭을 물끄러미 바라보다 다시 닭 손질에 집중한다. 사장이 계란을 새로 온 여자에게 들어 보인다.

"너도 먹을래?"

여자가 고개를 젓는다.

"근데 내가 어제 뭐 주문했는지 알아요? 베넬리 주문했어요. 이태리제 오연발 사냥총. 무게 2.9킬로그램. 정말 예쁘게 생겼어요."

"그건 사서 뭐하게."

주인 남자의 물음에 사장의 눈이 반짝거린다.

"사냥의 매력이 뭔지 알아요? 상대가 무기력하게 쓰러지는 거예요. 하지만 그냥 무기력하게 쓰러지는 게 아니에요. 방아쇠를 당기고 나면, 아주 짧은 시간 총알이 날아가 상대를 제압하잖아요. 그 짧은 시간, 방아쇠를 당김과 목표물이 쓰러지는 아주 짧은 시차에서 우리는 극도의 쾌감을 느끼는 거예요. 탕. 탕. 탕."

사장은 실제 쾌감이라도 느끼듯 흥분해 있다.

"총 사 오면 나한테 닭 몇 마리 빌려 줘요. 연습 좀 하게."

또 내 귀를 의심했다. 산 채로 털을 뽑으라고 하더니 이제는 사냥 연습을 하겠다고 닭을 빌려 달라고 한다.

"안 돼. 그런 짓은."

"뭐야 아까부터. 요즘 닭을 사랑하세요? 그 닭으로 요리하면 되잖아요. 내가 먹고. 이리 죽나, 저리 죽나 똑같지. 솔직히 닭 입장에서는 총으로 죽는 게 낫지 않나. 그렇지 손밍?"

어이없는 물음에 새로 온 여자는 어쩔 줄 몰라 한다.

"그나저나 손밍, 넌 닭고기는 실컷 먹어 좋겠다."

손밍, 새로 온 여자의 이름은 손밍이다.

"약속한 대로 걱정할 것 하나 없어. 사장님 좋은 분이야. 또 안에 들어가면 사장님 따님이 있는데 원래는 고등학생인데 눈이 불편해서 학교를 못 다니고 있어. 아주 착하고 예쁘고 좋은 사람이야. 걱정할 것 없어."

"예, 고맙습니다."

손밍이 봉투를 사장에게 건넨다. 사장이 봉투 안을 확인하며 말한다.

"계산은 정확한 게 좋아."

"아저씨, 누구 왔어요?"

뒷문으로 주인 여자가 나온다.

"손밍, 여기 여사장님이야. 사장님 따님."

손밍이 인사를 하지만 주인 여자는 보지 못한다.

"안으로 들어가세요. 짐 풀고 주방 아주머니와 인사하세요."

주인 남자가 손밍을 데리고 안으로 들어가자 주인 여자가 사장 쪽으로 더듬거리며 다가온다.

"저기, 알아봤어요?"

주인 여자의 말에 사장이 주위를 살핀다.

"아직. 사람 하나 찾는 게 쉬운 게 아니야. 그런 애들 뻔하지. 열일곱 살, 머리 좀 컸다고 살길 찾아 떠난 거야. 나 같아도 보육원에서 살고 싶지는 않았을 거다."

"다시 온다고 했어요. 오래 있지 않는다고 했어요."

"알았어. 찾고 있어. 사람 찾는 데 돈 많이 들어. 알지?"

"알았어요."

"열심히 모아 놔."

사장이 비열하게 웃는다.

"그리고 이 약 좀 알아봐 줄래요?"

주인 여자가 주머니서 약통을 꺼낸다.

"뭔데?"

"망막색소변성증. 눈 때문에 먹는 약인데 요즘 갈수록 더 나빠지는 것 같아요."

"이젠 별걸 다 시키네. 이거 계산은 따로 하는 거야."
사장이 나간다.

닭장 안이 짝짓기로 소란스럽다. 정말 너무한다. 조금 전까지 한방 쓰던 닭들이 여섯 마리나 잡혀서 지금 목이 비틀리고 있고, 직업소개소 사장이란 놈은 살아 있는 닭을 털 뽑는 기계에 넣으라고 떠들고, 닭으로 사냥 연습을 하겠다는데 이 멍청한 닭들은 먼저 짝짓기를 하겠다고 싸움을 한다.
"나 쳐다볼 것 없어. 난 닭들과 짝짓기는 하지 않아. 몇 번을 말해야 알아들어. 난 관심 없다고. 난 닭의 몸을 증오하니까 짝짓기 하고 싶은 것들끼리 싸워서 이기든지 알아서 해."
그래도 한 가지 마음에 드는 건 싸우면서도 내 눈치를 보는 것이다. 닭들이 내게 예의를 지키는 것이다. 닭들도 서열이 있다. 다행히 모든 닭들은 나에게 도전할 만큼 성숙하기 전에 잡혀 나간다. 그래서 매일 잡혀 나가고 새로 들어오는 닭장 안에서 내 자리가 위협받는 일은 없다.
"찰스, 왜 여자가 새로 왔지? 먼저 일하던 여자가 왜 없어진 거야?"
어느새 메리가 목줄을 늘려 닭장 가까이 와 있다.
"바보야, 그것도 몰라?"
"그건 넌 안다는 뜻?"
"내가 알 거라 생각해서 네가 물었잖아. 그러니 난 알고 있다."

"왜?"

"죽었잖아. 주인 남자가 죽였을 거야."

이 집에서 무언가가 사라진다는 것은 항상 죽음을 의미한다. 보지 않아도 느낄 수 있다. 주인 남자는 그 죽음을 도맡아 하고 있다.

"네 말이 사실처럼 느껴진다. 왜 죽었을까? 궁금하네."

"메리, 조금 전에 닭 여섯 마리가 잡혀 나갔어. 닭 죽는 소리 못 들었어? 저 기계에서 지금 털이 뽑히고 있잖아. 안 들려? 어제는 열두 마리가 잡혀 나갔어. 그런데 넌 한 번도 그것들이 왜 죽었는지 묻지 않다가 오늘 사람이 죽었다니까 궁금해서 묻는 거야? 죽음에 차이가 있다는 말이야?"

"닭이 죽는 건 이유가 분명하잖아. 난 지금 이유를 모르는 죽음에 대해 말하는 거야."

"넌 날 왜 죽이려 하는데?"

"그건 너를 죽이고 싶으니까. 네 목을 물어 버리고 싶으니까. 아니야, 찰스. 그럴 필요 없어. 언젠가는 너도 자연스럽게 저 기계 안에 들어갈 테니까. 그때 네 표정이 궁금하다. 정말 볼 만할 거야."

"절대 그럴 일은 없어."

"근데 찰스, 닭이 정말 열기를 뿜어낼까? 그래서 사람을 해칠까?"

"그럴지도 모르지. 억울하니까. 죽는다는 건 항상 억울한 거야. 살아 있는 것들이 있으니까. 주인 여자가 눈이 안 보이는 걸 보았잖아."

"그것도 닭과 상관이 있다는 말이야?"

"어쩌면 억울한 닭을 많이 먹어서 그럴지도 몰라."

"난 아무리 닭을 먹어도 이렇게 멀쩡하잖아."

"언젠가 증상이 나타나기 시작할 거야. 조심해."

메리가 제 몸을 살핀다. 겁을 먹은 게 분명하다.

"찰스, 네가 그렇게 말하면 개가 닭을 두려워할 거라 생각하는 거야?"

"그렇게 말하는 걸 보니 벌써 닭이 두렵게 느껴지는 거야?"

"찰스, 넌 정말 말도 안 되는 것들을 항상 정말처럼 얘기해."

"난 정말 닭이 아니라 찰스야. 영혼이 흘러 다니다 여기 있는 닭의 몸에 들어온 거야. 너희 개를 길들여 온 사람이라고."

"그렇다면 나도 마찬가지야. 언제부터인가 기억이 또렷하거든. 그 이전의 시간들은 아무것도 기억이 나지 않아. 나에게도 영혼이 내려앉은 거겠네."

"아니야, 메리. 넌 그냥 멍청한 개일 뿐이야. 난 닭이 된 사람이고. 착각하면 안 돼."

"널 죽이고 싶다."

메리가 닭장으로 들어올 것처럼 힘을 주어 목줄을 당긴다. 출렁거리는 근육이 금방이라도 줄을 끊어 버릴 것 같다. 하지만 난 두려워하지 않는다. 난 사람의 의식을 가진 닭이다.

"오십 마리 닭과 싸울 용기가 있어? 내가 널 죽인다. 닭 내장을 실컷 먹은 대가야."

순간 메리가 힘쓰기를 멈춘다.

"아니야, 나한테는 인내심이 있어. 그게 개와 다른 동물의 차이야."

메리가 말을 하고 단호하게 돌아섰다. 어제의 기억이 떠오른 것이 분명했다. 메리는 두려움을 인내심으로 착각했다. 집으로 간 메리가 밥그릇 앞에서 꼬리를 흔들기 시작한다. 보아하니 주인 남자가 개밥을 주러 나오는 시간이다.

"개가 닭이 되어 가는 시간이 됐군."

주인 남자가 메리의 밥그릇을 채워 주고 닭장에 배추를 던져 준다.

"닭이 배추가 되어 가는 시간이기도 하지."

메리가 나를 보며 웃는다.

닭들은 배춧잎을 보고 정신없이 달려든다. 난 바닥에 던져진 배춧잎일망정 품위 있게 먹고 싶다.

"찰스, 넌 닭 내장이 얼마나 맛있는지 모를 거야. 황홀한 맛이지. 뭐하고 있어? 너도 두둑이 먹어 둬. 넌 다른 닭들과 다른 이유로 죽게 될 거야. 그때까지는 먹어야지."

"메리, 넌 개면서 다른 닭과 같은 이유로 죽게 될 거야. 그러니 많이 먹어 둬. 네 몸에 닭이 더 많으니까."

4

또 하루가 가고 다시 성호가든에 밤이 찾아왔다. 오늘은 다른 날보다 더 조용하다. 주인 남자는 메리의 목줄을 풀어 주고 외출을 했다. 그는 그렇게 가끔 저녁에 집을 비운다.

목줄이 풀린 메리도 오늘은 쏜살같이 달려 나갔다. 초저녁부터 울타리 밖에서 신호를 보내던 암캐를 만나러 간 것이다. 이 동네에는 메리 외에 다른 수컷이 없는 것 같다. 그렇지 않고서야 발정 난 암컷들이 저렇게 비겁한 메리를 찾아올 리 없다. 아니다. 어쩌면 생각 없이 본능에 충실한 메리에게 매력을 느꼈는지 모른다.

그래서인지 메리도 아무 생각 없이 암컷 소리만 들리면 밖으로 달려 나간다. 지조라고는 눈곱만큼도 없는 동물이다. 닭이나 개나 욕구를 통제 못하기는 마찬가지다.

하지만 난 다르다. 난 최고의 수컷이지만 참고 있다. 난 닭들과 피를 나눌 수 없다. 언젠가는 내 영혼이 깃털처럼 가벼워져 이 더러운 닭고기에서 빠져나와 하늘을 살랑살랑 날아다니다가 사람의 몸에 떨어지게 될 것이다. 그래서 참고 있다. 난 그걸 믿으며 이렇게 이 년을 버티고 있다. 사람이 닭과 혈연으로 연결되어 있다. 이건 너무 끔찍하다. 내 인생에 그런 오점을 남길 수는 없다.

손밍이 걸어온다. 어쩌면 저 여자도 불쌍한 여자가 될 것이다. 여기서 계속 살지는 못할 것이다. 사장이 몇 달에 한 번 새로운 사람을 데려오는 걸 보면 일이 힘들거나 함께 일하는 사람들이 이상한 것이다. 혹시 죽는 건 아닐까. 일을 그만둔 사람들도 죽은 건 아닐까. 물론 사람이 죽는 것이 닭이 죽는 것보다 더 큰 의미가 있어 걱정을 하는 것은 아니다. 어떤 죽음에도 차이는 있지 않다. 물론 나 같은 의식을 가지고 있는 닭의 죽음은 특별하게 생각되겠지만.

손밍이 노래를 부른다.

내 고향에는 꽃이 활짝 피었어요. 그 향기가 여기까지 흘러오는 것 같아요. 자꾸만 눈물이 흘러요. 아마도 고향에서 온 꽃향기 때문인 것 같아요.

사람의 노래가 기분을 우울하게 한다. 손밍의 노래가 우울한 건 손밍도 나처럼 닭장에 갇혔기 때문이다. 성호가든이란 닭장. 눈이 멀어 가는 주인 여자도 그렇게 갇혔다. 주인 남자를 빼고 모두 갇혀 있다.

울타리 쪽에서 바스락거리는 소리가 들려온다. 메리가 개구멍을 넘어오는 소리다. 손밍은 목줄이 풀린 메리의 존재를 모른 체 노래를 부르고 있다. 메리가 목줄에 묶여 제 집에서 자고 있는 줄 아는 것이다. 그렇지 않고서야 저렇게 태평하게 닭장 앞에서 고향 노래를 부를 수 없다.

멀리서 손밍을 발견한 메리가 어깨를 잔뜩 올리고 더 천천히 걷기 시작한다. 거리가 가까워지면서 메리의 입속에서 으르렁거리는 소리가 새어 나온다. 그 소리에 손밍도 메리를 발견한다. 손밍이 메리를 자극하지 않으려고 천천히 일어선다. 하지만 집으로 가려면 메리를 지나야 한다. 메리보다 빨리 마당을 가로질러 집으로 들어가는 건 불가능하다. 손밍이 메리의 기세에 밀려 뒷걸음질 친다. 메리가 손밍을 닭장까지 몰아붙인다. 처음으로 메리가 용맹스러워 보인다.

지금쯤 손밍은 돈을 벌기 위해 성호가든에 온 걸 후회할 것이다. 그리고 머나먼 타향에서 개에게 물려 허무하게 끝나 가는 자신의 운명을 원망하겠지.

메리의 근육이 움직거리기 시작했다. 이제 달려들기만 하면 된다. 당황한 손밍이 이리저리 두리번거리다가 닭장 문을 발견하고 아주 조심스럽게 움직인다. 손밍의 의도를 알았는지 메리도 민첩하게 두세 발 다가간다. 메리의 반응에 손밍이 움직임을 멈춘다.

짧은 시간 정적이 지나고 인내심이 다한 메리가 손밍에게 달려든다. 그때였다. 어디선가 날아온 몽둥이가 메리의 옆구리를 정확히 때렸다.

'크—응.'

메리가 고통에 비명을 질렀다. 뒷문 앞에 외출했던 주인 남자가 서 있었다. 메리가 낑낑거리는 사이 손밍이 닭장 안으로 들어왔다.

정신을 차린 메리가 다시 손밍을 향해 짖기 시작하자, 주인 남자가 다가와 메리의 머리 위로 몽둥이를 든다. 주인 남자의 기세에 메리는 꼬리를 아래로 내리고 제 집으로 돌아간다. 사람에게 사랑받는 개의 모습이란, 한 치 앞도 예상할 수가 없다.

"메리, 괜찮아? 아무 때나 으르렁거리는 잘못된 습관 때문이야."

내가 말했다.

"이 집을 지키고 너희 닭을 지켜 주는 것이 내 할 일이야. 사람이 가르쳐 준 거야."

비겁한 메리가 대답한다.

"배움은 배움이고, 때로는 창의적일 필요가 있잖아. 죽기 전까지 한 번이라도 창의적이어 봐."

"개는 창의적일 필요 없어. 그러면 오래 살지 못해. 이런 일은 크게 마음에 담아 두지 않으면 되는 거야."

"대범한 척…… 넌 갈수록 비겁해지고 있어."

메리가 못 들은 척 제 집으로 들어간다. 괜히 서성거리다가 어제처럼 다시 목줄에 묶이기 싫어서다. 눈치는 살아 있다. 주인 남자가 닭장 문을 열고 들어온다.

"사장님 고맙습니다."

손밍이 고개 숙여 인사를 했다. 목소리가 떨렸다.

"이리 와."

닭장을 나서는 손밍에게 사장이 말했다.

"네?"

"내 말 못 알아들어? 잠깐 오라고 하잖아."

손밍이 사장을 보고 머뭇거린다.

"여긴 네가 있기에 가장 적당한 곳이야. 널 고발하는 사람도 없고, 네 노동력을 착취하는 사람도 없어. 그리고 돈 쓸 데도 없으니 돈 모으는 데도 아주 적당한 곳이야. 같이 일하는 여자들도 아주 좋은 사람들이고. 오늘 일해 봤으니 잘 알겠지."

"예, 알아요. 고맙습니다. 그만 들어가 보겠습니다."

"그래, 나한테 고마워해야 해."

"예, 사장님께 고마워하고 있습니다."

"그래야 은혜를 아는 사람이지."

주인 남자가 손밍의 얼굴에 손을 갖다 댄다.

난 알고 있었다. 전에도 본 적이 있다. 꼭 짝짓기를 하려고 정신없이 개구멍을 빠져나가는 메리의 모습과 다를 게 없다.

"사장님 왜 이러세요. 그만하세요. 한 번만 봐주세요."

"가만있어. 나한테 고마워해야 한다고 했지?"

"예, 고맙습니다. 그런데 한 번만 봐주세요."

"시끄러워 말하지 마."

"소리 지를 겁니다."

"뭐? 질러 봐."

주인 남자가 손밍의 뺨을 때렸다.

"질러 봐. 질러 보라고!"

다시 때렸다. 손밍의 얼굴에 눈물이 흐른다. 맞고 있는 손밍이 너무 불쌍해 보였다. 하지만 닭이 사람을 동정할 수는 없다. 이건 그냥 사람의 일이고 닭이 이런 일들에 일일이 반응할 필요는 없다. 어찌 되었든 닭이 맞고 있는 여자를 위해 해 줄 수 있는 건 없다.

닭장의 기운을 느꼈는지 메리도 집에서 나와 어슬렁거린다.

그때 식당 안쪽에 불이 켜졌다. 그리고 주인 여자가 뒷문으로 나왔다. 잠시 후 닭장 안 전구에도 불이 들어왔다. 이제 환하게 다 볼 수 있다. 주인 남자의 손에 손밍의 목이 잡혀 있다. 손밍은 닭도 아니면서 닭과 같은 모습으로 잡혀 있다. 주인 남자는 사람도 닭처럼 잡을 수 있는 능력을 가지고 있다.

"거기 누구 있어요? 아저씨, 시내 다녀왔어요?"

아무도 대답하지 않았다.

"손밍 언니, 혹시 거기 있어요?"

손밍이 몸을 움직이려 하자 주인 남자는 손밍의 목을 더 세게 움켜쥐고 다른 한 손으로는 입을 막는다.

"움직이지 마. 가만있어."

주인 남자가 손밍의 귀에 대고 작은 목소리로 말했다.

"메리! 메리! 무슨 일이야? 아저씨 거기 있어요? 아저씨 거기 있어요?"

주인 여자가 천천히 더듬거리며 닭장 쪽으로 움직였다. 그녀가 걸어오는 동안 성호가든의 모든 것이 멈춘 듯하다. 손밍의 흐느끼는 소리만 간간이 새어 나왔다. 난 주인 여자에게 이 상황을 알리고 싶어졌다. 사람들의 일이지만 이번만은 주인 여자가 알아야 될 것 같았다. 그러나 닭이 할 수 있는 일이 없다. 난 메리를 보았다. 메리도 나를 보았다.

"메리, 말해 줘. 뭐하고 있어. 널 제일 좋아하는 사람이잖아. 뭐해?"

"찰스, 날 부르지 마. 난 조용히 있을 거야. 이건 내가 나설 일이 아니야."

메리가 날 피했다.

"넌, 역시 비겁해. 만년 동안 배운 인성이 겨우 이 정도야? 넌 역시 비겁한 개야. 주인 여자가 주인 남자를 앞에 두고도 못 찾고 있잖아. 그런데 넌 계속 못 본 척하겠다는 거야?"

"그게 뭘 어쨌다는 거야? 난 아무것도 못 봤어."

"메리, 닭보다도 의리가 못하군. 아니면 정말 닭이 된 거야? 그렇다면 나처럼 '꼬끼오'를 하든지."

"내가 못할 줄 알아?"

"그럼 짖어 봐. 주인 여자를 위해 짖어 보라고. 네가 제일 사랑하는 여자잖아. 그 여자가 두려움에 떨며 잘 보이지도 않는 눈으로 걸어오고 있잖아. 말해 줘. 닭장 안에 사람이 있다고."

메리가 닭장 안 주인 남자와 더듬거리는 주인 여자를 번갈아 쳐다본다. 고민하고 있는 것이다. 그러다 짖기 시작했다.

"왈왈! 왈왈! 저기 사람들이 있잖아. 저기 닭장에 사람 둘이 있어요."

"왜 그래 메리? 왜 그래. 닭장 안에 뭐가 있어?"

주인 여자는 메리의 말을 알아들은 것처럼 묻는다. 그러자 메리가 주인 여자의 치마를 물어 닭장 앞까지 끈다.

"그래 메리, 잘한다. 그렇게 하는 거야. 처음으로 네가 개처럼 느껴진다."

화가 난 주인 남자가 메리를 노려보았지만 메리는 멈추지 않았다.

"메리, 어디 뭐가 있는 거야?"

"왈왈! 저기, 저기 닭장 안에 사람이 있잖아요. 주인 남자와 손밍이 있잖아요. 보세요!"

"잘했어, 메리."

주인 여자는 닭장 안 두 사람이 있는 곳에 아주 가까이 접근했다. 그러나 시력이 더 나빠졌는지 쉽게 알아보지 못했다. 주인 여자는 불빛 아래 비치는 형상들을 찾아내려 시선을 천천히 움직였다. 그때 손밍의 입에서 작은 흐느낌이 새어 나왔다. 주인 여자가 소리 나는 쪽으로 좀 더 가까이 다가갔다. 그러다 발걸음을 멈추고 소리 나는 쪽을 한동안 바라본다. 주인 여자의 눈에 두 사람의 형상이 보인 게 분명했다.

"거기 누구예요?"

주인 여자가 물었다. 하지만 주인 남자는 대답하지 않았다. 잠시 머뭇거리던 주인 여자가 메리에게 말했다.

"메리, 이제 그만 짖어도 돼. 알았어. 고양이를 봤구나. 도둑 고양이가 나타난 거야. 그렇지? 아저씨는 시내에 볼일이 있어 나갔어. 손밍 언니도 바람 쐬러 나갔고. 난 그만 들어갈 거야."

주인 여자가 더듬더듬 집 쪽을 향해 걸어갔다.

"손밍, 이게 이 집에서 사는 방식이야. 이제 알았어?"

남자의 소리는 주인 여자가 충분히 들을 수 있는 크기였다. 하지만 주인 여자는 듣지 못한 듯 집으로 들어갔다.

주인 남자가 손밍을 데리고 닭장을 빠져나간다.

5

 햇볕이 따뜻한 한낮, 무기력하게 갇혀 버린 닭의 운명이 너무도 싫다. 이 년 동안 난 한 번도 닭장 밖으로 나가지 못했다. 물론 닭장 밖으로 나가는 것은 닭의 죽음을 의미한다. 난 죽음과 관련 없이 내 의지로 닭장을 나가고 싶다.
 꼬꼬대! 꼬꼬꼬!
 이렇게 악을 쓰며 난 이 년 동안 뚫린 지붕을 향해 날아올랐다. 내가 탈출할 수 있는 유일한 통로, 하지만 한 번도 철망을 넘지 못했다. 닭은 이렇게 멀쩡한 두 날개를 가지고 있으면서 저렇게 훤하게 뚫린 철망조차 넘지 못하는 불행한 새다.
 아주 옛날 어떤 무책임한 닭이 날기를 포기하고, 땅에서 살기로 마음먹은 순간부터 이 비극이 시작된 것이다. 그 닭이, 그 게으르고 무책임한 그 닭이, 그때 그 순간, 그 한순간만 현실과 타

협하지 않고 올바른 판단을 했어도 이런 닭고기를 파는 가든이 만들어지지는 않았을 것이다. 어쨌든 닭들이 일제히 걷기 시작한 것이 아니라, 그 어떤 닭이 맨 처음 그런 생각과 그런 행동을 했을 테니까.

사람들은 그걸 진화라고 부른다. 다른 동물들은 몰라도 닭에게 진화는 재앙이다. 새에서 닭으로 진화한 것보다 더 무책임한 행동은 전에도 앞으로도 없을 것이다. 이 세상에 닭보다 많이 죽은 동물은 없을 테니까!

자동차 소리가 가까워 온다. 그러나 멍청한 개는 집에 없다. 주인 남자는 점심 장사가 끝나고 메리를 차에 태워 나갔다. 주인의 차를 탈 수 있는 건, 개만이 누릴 수 있는 특권이다. 병원 진료, 주인과의 산책, 이런 닭장에 살면서 주인과 산책하고 병원에서 진료 받는 닭이 있을까. 아픈 닭은 조용히 죽어 가면 된다. 역시 메리의 말처럼 사람에게는 닭보다 개가 훨씬 특별한 존재다. 부정할 수 없다.

주인 남자가 메리를 데리고 들어온다. 이 순간만큼은 메리 놈이 부러워진다. 주인 남자는 메리의 목줄을 묶고 밥그릇에 닭 내장을 한 바가지 부어 주고 들어간다.

그런데 어쩐 일인지 메리는 먹이를 보고도 얌전히 웅크리고만 있다. 나는 메리 쪽으로 몇 발짝 다가갔다.

"뭐야? 왜 안 먹는 거야? 닭 내장이 질렸다는 말이야? 몇 년이나 먹었다고 벌써 질린 거야? 아니면 뭘 그렇게 맛있는 걸 먹고 왔어? 메리, 본능을 거스르겠다는 거야? 아니면 벌써 닭이 된 거야? 메리! 개의 본분을 보여 봐."

그래도 메리는 반응이 없다. 이상한 날이다. 나는 철망 근처까지 다가갔다. 메리가 내 모습을 알아볼 수 있는 거리였지만 왠지 가까이 가고 싶어졌다.

"메리, 왜 아무 말 안 하는 거야. 도대체 뭐야? 누가 널 과묵하게 만들었어? 한번 짖어 봐. 여기 네가 그렇게 보고 싶어 했던 내가 보이잖아?"

그제야 메리가 몸을 일으켰다. 그리고 나를 보며 짖는다.

"헥―헥, 헥―헥."

메리의 입에서 소리가 나지 않는다.

"헥―헥."

메리는 소리를 내려고 안간힘을 써 보지만 소리가 나지 않는다.

"뭐야, 메리. 왜 소리가 나지 않는 거야. 누가 네 목소리를 빼앗아 갔어? 설마…… 설마…… 어젯밤 짖은 것에 대한 벌이야?"

"헥―헥."

그 이유밖에 없다.

"한번 짖은 것에 대한 벌치고는 너무 가혹하잖아."

"헥―헥."

"못 알아듣겠어. 개 주둥이만 보고 무슨 말인지 내가 알 거라고 생각한 거야? 그만해!"

나도 모르게 화가 나서 소리쳤다. 그러자 메리가 짖기를 멈추고 돌아선다. 돌아서는 메리의 눈에서 눈물을 본 것 같다. 정말 눈물일까? 아닐 거야. 사람의 의식을 가진 닭이라면 몰라도 멍청한 개 따위가 눈물을 흘릴 리 없다.

그래도 미안한 마음이 들었다.

"그래 메리, 침묵하는 것도 괜찮아."

메리는 말없이 닭 내장이 들어 있는 제 밥그릇을 보고 있다. 마음이 울적해졌다. 날 죽이려고 달려들던 개 한 마리가 목소리를 잃었다고 내가 울적해지고 있다. 닭이 죽어 나갈 때 느끼던 감정과는 전혀 다른 느낌이다.

"메리, 내가 너에게 연민을 느끼고 있어. 죽이고 싶은 적에게 연민을 느끼고 있다고. 그러니까 난 닭이 아니야. 너같이 바보 같은 개에게 연민을 느끼는 닭은 없어. 이건 사람의 감정이라고."

그때 주인 여자가 문을 열고 나왔다.

"메리, 메리, 아저씨랑 어디 갔다 왔어?"

주인 여자의 소리에 메리가 몸을 일으켰다. 그리고 주인 여자에게 다가가 소리쳤다.

"헥―헥."

다시 한 번 메리의 입에서 슬픈 바람 소리가 나왔다.

"아―악!"

주인 여자가 놀라 소리를 질렀다.

"메리…… 메리…… 메리…… 미안해. 정말 미안해. 난 모르고 있었어."

"헥—헥."

"미안해 메리."

사람과 개가 부둥켜안고 눈물을 흘리고 있다.

"메리 우리 둘이 똑같다. 하나씩 잃었어."

주인 여자의 말에 내 마음이 더 울적해졌다.

"젠장, 사람의 영혼을 가진 닭보다 더 슬픈 척을 하고 있는 거야?"

난 일부러 큰 소리로 말했다. 하지만 아무도 듣지 않는다.

어느새 주인 남자가 빨간 장갑을 끼고 앞치마를 두르며 닭장 앞에 서 있다. 닭은 마음 놓고 슬퍼할 겨를도 없다. 슬픔은 잠시, 살아남으려면 달려야 한다.

"꼭 이렇게까지 해야 돼요? 메리는 내 개야. 당신 개가 아니라고!"

주인 여자가 주인 남자를 향해 소리쳤다.

"할 만하니까, 한 거야."

"내가 그 추한 모습 못 본 척했잖아요."

"못 본 척한 거야, 보지 못한 거야? 똑바로 말해."

"그래 보지 못했어요. 난 항상 보지 못했어요. 이제 여기는 당신 세상이니까!"

"알면 됐어. 그런데 이것만은 정확히 해 둬. 여기 주인은 항상 너야."

주인 남자의 말은 잔인하게 들렸다. 주인 여자는 더 이상 말하지 않았다.

주인 남자가 닭을 잡는 동안 주인 여자는 메리에게서 떨어지지 않았다.

멀리 자동차 소리가 들려온다. 직업소개소 사장의 차다. 멍청한 개가 짖는다. 하지만 소리가 나지 않는다.

"바보, 그만 좀 해라. 지금 짖어도 소리도 안 나잖아."

내 말을 들었는지 메리가 머쓱한 듯 웅크린다. 그 모습에 주인 남자도 한마디 덧붙인다.

"이거 봐. 조용하잖아. 나쁘지 않아. 어차피 도둑 같은 건 이 집에 없으니까."

주인 여자가 쏘아보지만 주인 남자는 무심히 닭을 들고 들어간다.

"메리, 다음에 저 사람이 또 네 것을 빼앗으려고 하면 그때는 가만있으면 안 돼. 아무 생각도 하지 말고 네 감정대로 행동하면 돼. 참지 마. 너무 참으면 일찍 죽게 돼."

주인 여자의 목소리에서 분노가 느껴졌다. 그때 메리가 다시 짖기 시작한다. 여전히 소리는 나지 않는다.

직업소개소 사장이 뒤뜰로 걸어왔다.

"아버지는 안에 계시고, 바깥일은 이제 앞도 보이지 않는 따님이 하시나. 손님들하고 같이 왔지."

사장이 주인 여자에게 다가오자 메리가 더 격렬하게 짖어 댄다. 하지만 뒷마당은 조용하다.

"에계, 메리 너 병신 됐구나. 불쌍해라. 그러니까 자꾸 짖지 말라니까. 까불다가 병신 됐잖아. 헤헤헤."

메리가 사장을 노려본다.

"오—호 메리, 노려보니까 무섭다. 네가 노려보면 어쩔 건데."

사장이 발을 들어 메리를 자극한다. 메리가 덤벼 보려 애쓰지만 사장은 목줄 밖에 있다. 장난치던 사장이 더 이상 관심 없다는 듯 닭장으로 와 계란을 꺼내 먹는다.

"그 친구 있잖아. 일전에 한번 알아봐 달라고 했던."

사장의 말에 주인 여자가 가까이 다가간다.

"찾았어요?"

"아니, 아직 찾지는 못했어. 하지만 아주 중요한 소식을 들었지. 이제 찾기만 하면 돼. 이거 알아내는 데 힘 좀 들었어."

사장이 비열한 미소를 지으며 말했다. 그리고 주위를 살핀다.

"돈 더 줄게요."

"얼마나 더 줄 건데?"

"많이. 근데 지금 당장은 안 돼요. 알지요? 한꺼번에 많은 돈을 빼지 못하는 거요."

"알지. 정확히 알고 있으라는 말이야. 내가 알아낸 것이 뭐냐면, 열여덟 살 김영수를 아무리 찾아도 찾을 수 없다는 거야. 통장을 만든 기록도 없고, 운전면허를 딴 기록도 없고, 주소지를 옮긴 기록도 없어. 거기다 해외로 출국한 기록도 없어. 보통 이런 경우 친부모를 찾아가는 경우가 있어서 이혼한 양쪽 부모를 다 조사했는데 둘 다 김영수랑 연락을 끊고 산 지 오래더라고.

그 아이는 그냥 사라져서 돌아오지 않는 거야."

"사라지다니요?"

"행방불명. 아무도 모르니 행방불명이지. 근데 주위 사람들 몇 명 만났는데 너처럼 걱정하는 사람은 없었어. 세상은 보육원에서 도망친 아이에게 아무런 관심이 없거든. 그렇게 나가는 애들이 많으니까. 다들 어딘가에서 찰스로 잘 살고 있을 거라고 말하던데."

찰스라는 소리에 나는 이층 선반에서 떨어질 뻔했다. 그가 분명 찰스라고 말했다.

"맞아요, 찰스. 어릴 적 영어 선생님이 지어 준 이름인데 그 이름을 너무 좋아해서 그 이름으로 살 거라고 했어요. 찰스. 나도 둘이 있을 때는 찰스라고 불렀어요."

주인 여자의 입에서도 몇 번이나 찰스라는 말이 나왔다.

"혼자 떠날 사람이 아니에요. 날 꼭 데리러 온다고 했어요."

"어쨌든 지금은 행방불명인 셈이야. 내가 좀 더 찾아볼 거야. 너는 돈만 준비하면 되는 거야."

"부탁해요."

"알았다니까. 손님들 기다리겠다. 업무 끝. 돈 준비해. 찰스는 사라졌어도 채무는 남는 법. 그것이 인생이야."

"아~악! 이거 뭐야. 지금 이게 무슨 소리야. 내가 찰스야!"

내가 소리쳤다. 하지만 아무도 듣지 않는다. 난 이층에서 뛰어내려 닭장 철망으로 달려가 사장에게 또 소리쳤다.

"내가 찰스라고. 내가 찰스야!"

드디어 사장이 나를 본다.

"개가 짖지 않으니까, 이제 닭이 지랄을 하네. 너 가만히 안 있어. 확, 잡아먹어 버릴까 보다. 너 까불면 잡아먹는다. 헤헤."

사장이 나를 보며 웃었다.

"잡아먹어 봐, 이 새끼야. 너 같은 새끼는 여기 들어오면 죽여 버릴 거야!"

"에계, 저 닭새끼가 내 말 알아들은 것처럼 발악을 하네. 웃겨."

사장이 바닥을 두리번거리더니 작은 돌을 집어 나에게 던졌다. 난 피하지 않고 또 소리 질렀다.

"그깟 돌 던지면 내가 도망갈 것 같아? 내가 찰스라고, 내가 찰스야."

"어쭈, 저놈 봐라. 재미있네. 너 다음에 보자. 내가 지금 바쁘다. 나 밥 먹으러 간다."

사장이 안으로 들어갔다. 주인 여자는 닭장 앞에서 멍하니 움직이지 않았다.

도대체 무슨 일이 일어나고 있는 걸까. 사장이 말한 찰스가 정말 나일까. 그 말들을 다 믿어야 하는 걸까. 나는 주인 여자에게 천천히 다가갔다. 그런데 그 순간 갑자기 머리가 아파 왔다. 처음에는 가벼운 두통이라고 생각했는데 머리가 깨질 듯이 아파 왔다. 닭의 몸을 하고 처음 겪는 고통이었다. 나는 너무 아파서 두 발로 서지 못하고 쓰러져 뒹굴었다. 다른 닭들은 나를 물끄러미 쳐다볼 뿐 아무런 반응도 하지 않는다. 똥이 범벅인 바닥에서 혼자 한참을 뒹굴었다. 그렇게 얼마나 지났을까. 두통이 멈췄다.

 나는 지쳐서 머리를 여전히 땅에 박은 채 하늘을 보았다. 하늘은 푸르고 햇살이 쏟아지고 있었다. 그리고 닭장 안으로 바람이 지나가는 게 느껴졌다.

 "메리 너 거기 있지? 메리, 메리, 듣고 있냐고. 메리, 내가 왜 찰스인지 이제 알았어. 내가 왜 찰스인지 이제 알았어. 내 영혼이 먼지처럼 살랑살랑 바람을 타고 떠다니다가 닭에 내려앉은 거야. 그게 사실이었던 거야. 의식이 돌아왔을 때 난 찰스란 이름밖에 기억이 나지 않았어. 처음에 난 모든 닭들이 자신의 이름을 기억하고 있다고 생각했어. 그런데 그게 아니었어. 어떤 닭들도 자신의 이름을 기억하지는 않아. 나만이 이름을 기억할 뿐이야."

 말을 하는 동안 또 다른 기억이 떠올랐다.

 '소연.'

 내 앞에 있는 여자. 그녀의 이름이 기억났다. 그녀의 이름은 소연이다. 그녀를 언제부터 알았는지 내가 누구였는지 기억이 나지 않는다. 그녀는 그냥 소연이다. 이건 성호가든에서 닭의 귀로 들었던 이름이 아니다. 누구도 성호가든의 닭장 앞에서 그녀의 이름을 부른 사람은 없었다.

 "메리, 그녀의 이름이 소연이야. 네 주인의 이름이 소연이라고. 봤지? 난 태어난 것이 아니라 기억을 시작한 거야. 사람인 내 영혼이 닭 위로 내려앉은 것이 확실해진 거야. 내 말 듣고 있지? 말 좀 해 봐. 메리, 네가 말을 하지 못하니까 내가 더 답답하다. 그건 너한테 내려준 벌이 아니라 꼭 나한테 내려준 벌 같잖아. 메리, 난 너와 말이 통하지 않는 것이 너무 고통스러워."

나는 몸을 일으켜 소연에게 다가갔다. 소연은 계속 같은 자리에 서 있었다.

"이봐요, 내가 찰스야. 내가 찰스라고. 왜 못 알아듣는 거야!"

"찰스, 보고 싶어. 어디 있는 거야."

그녀는 나에게 눈길을 주지 않은 채 혼자 속삭였다.

그녀의 눈가에는 눈물이 가득했다. 우리는 사랑했던 사이가 분명하다.

6

 성호가든에 밤이 다시 찾아왔다. 그러나 오늘은 메리의 세상이 아니다. 주인 남자는 아직 화가 풀리지 않았는지 메리의 목줄을 풀어 주지 않았다. 메리도 지지 않을세라 낮부터 아무것도 먹지 않고 있다. 나는 처음 본능에서 벗어난 메리의 모습에 박수를 보내고 싶었다. 하지만 세상에 개에게 박수를 보내는 닭은 없다. 그래서 그만두었다.

 밤이 깊어지자 메리는 배설의 본능까지는 참을 수 없었는지 제 밥그릇 옆에 똥을 누었다. 제 집 앞에서 볼일을 보는 게 창피한 듯 똥을 누면서 계속 닭장 쪽을 보았다. 날 의식한 것이다. 그래서 난 못 본 척해 주었다. 오늘만은 메리의 심기를 건드리고 싶지 않았다. 사실 내 과거만으로도 충분히 복잡했다.

 사장의 말대로라면 난 열여덟 살 김영수다. 내가 남자아이였기 때문에 내 영혼이 수탉의 몸에 떨어진 것이다. 만약 암탉의 몸에 떨어졌다면 난 이렇게 오래 버텨 내지 못했을 것이고, 살았다 해도 닭장 안의 삶은 지금보다 불행했을 것이다.

사장이 다녀간 후로 내가 사람으로 살았던 기억이 순간순간 스치고 지나간다. 사실 그것들은 너무 빠르게 사라져 내 기억인지 확신할 수 없다. 하지만, 닭장 안에만 살던 내 머릿속에 다른 누군가의 기억이 존재할 수 있을까. 결국 모두 내 기억인 것이다. 난 찰스로 불렸고, 가족과 살지 않고 보육원에서 자랐으며 소연은 내가 사랑하는 사람이고, 난 그녀가 모르는 어느 순간 세상에서 사라졌다. 이게 내가 아는 전부다.

"메리, 난 하루 종일 소연에 대해 생각했어. 그런데 아무래도 소연과의 감정을 되찾을 수가 없어. 닭에게는 심장이 없는 것 같아. 그래서 닭들이 서로 사랑하지 않는 것 같아. 사랑을 떠올리지만 마음이 움직이지 않아. 닭은 심장이 너무 작아 사랑을 할 수 없나 봐. 아니면 내가 닭의 죽음을 너무 많이 봐서 그럴지도 모르지. 메리, 난 소연과의 감정이 떠올랐으면 좋겠어."

메리는 대꾸하지 않았다. 아니, 대꾸할 수 없다.

집 쪽에서 손밍의 소리가 들려온다. 손밍은 식당 뒷문으로 이어지는 작은 계단에 앉아 있다. 이제 그녀는 메리가 묶여 있는 걸 알면서도 닭장 근처에 오지 않는다. 메리도 그녀를 못 본 척하고 있다.

손밍이 하늘을 보며 노래한다. 알아듣지 못하는 말이지만 오늘도 손밍의 노래는 마음을 울적하게 한다.

거기 있잖아요. 그 꽃 있잖아요. 우리가 고향에서 보았던 그 꽃이잖아요. 하지만 우리는 그때의 우리가 아니에요.

"전 그 노래가 좋아요."
어느새 소연이 손밍의 뒤에 서 있었다.
"언제 나오셨어요?"
"저는 손밍 언니의 목소리가 참 좋아요."
"그런 말 처음 들어 봅니다."
"그 노래, 고향에 관한 노래지요?"
"중국말 할 줄 아세요?"
소연이 손밍 옆에 앉는다.
"아니요. 그냥 노래를 들으면 느낄 수 있어요. 고향에 가고 싶지요?"
"예. 사장님 죄송해요."
손밍의 목소리가 떨렸다.
"뭐가요? 그런 말 하지 마세요. 주방 아주머니가 일을 잘한다고 칭찬을 하던데."
"제가 떠나야 하는데…… 제 상황이……"
"난 아무것도 몰라요. 손밍 언니. 이제 손밍 언니라고 부를게요."
소연은 착한 여자가 확실하다. 나와 사랑했던 여자니 착한 여자일 것이다.

"고맙습니다. 잘 대해 주셔서."
"자꾸 그런 말 하지 마세요. 나 그 노래 가르쳐 주세요. 조금 전에 불렀던 노래. 다시 한 번 불러 봐요."

거기 있잖아요. 우리가 사랑했던 그곳
나의 가족이 있고, 당신의 가족이 있던 그곳
그곳이 정말 그립네요.

손밍이 노래를 부르면 소연이 따라 불렀다. 두 사람 모두 밤하늘을 보며 노래를 불렀다. 몇 소절 지나면서 나도 모르게 그녀들을 따라 흥얼거렸다. 메리도 나쁘지 않은 듯 고개를 내밀어 노래를 듣고 있다.

그때였다. 앞마당으로 이어진 모퉁이에 주인 남자의 모습이 보였다. 주인 남자는 한동안 말없이 두 사람을 지켜봤다. 그러다 노래를 부르던 손밍과 주인 남자의 눈이 마주쳤다. 주인 남자가 손밍에게 오라는 손짓을 했다. 그 손짓은 비열하고 음흉했다. 주인 남자의 손짓에 손밍이 고개를 저었다. 그러면서도 손밍은 노래를 멈추지 않았다. 소연은 아무것도 모른 채 노래를 따라 부르고 있다.

주인 남자가 웃으며 다시 손짓했다. 손밍은 답답한 듯 다시 고개를 저었다. 그러자 주인 남자가 두 사람이 있는 쪽으로 다가가기 시작했다. 주인 남자는 발소리를 내지 않고 아주 조용히 움직였다. 주인 남자가 손밍 앞에 서자 손밍이 노래를 멈췄다. 주인 남자가 손밍에게 노래를 계속하라는 손짓을 했다. 손밍이 다시 노래를 불렀다. 손밍의 목소리가 심하게 떨렸다. 순간 소연이 노래를 멈췄다. 소연도 주인 남자의 인기척을 느낀 것이 분명했다. 주인 남자는 아랑곳하지 않고 손밍에게 일어나라는 손짓을 했다. 이번에도 손밍은 고개를 저었다. 화가 난 주인 남자가 손을 들어 손밍을 위협했다. 모든 것이 소리 없이 진행됐다.

"노래는 여기까지만. 저는 이제 그만 가서 쉬겠습니다. 너무 피곤해서요."

손밍이 소연을 보며 말했다.

"언니 그렇게 하세요."

소연의 목소리도 떨렸다. 손밍과 주인 남자가 걸어 나간다. 소연은 손밍이 불렀던 노래를 흥얼거리며 하늘을 보았다. 그리고 한동안 움직이지 않았다.

7

 오늘은 한 달에 한 번 오는 식당의 정기 휴일, 수십 마리의 닭과 개 한 마리가 자유를 얻게 되었다. 어떤 닭일까. 이중에 어떤 닭들이 성호가든의 정기 휴일을 틈타서 생명을 하루 더 연장시켰을까.
 주인 남자가 닭장에 넉넉히 채소를 넣어 주고 메리의 밥그릇에도 평소보다 닭 내장을 더 많이 부어 준다. 주인 남자는 화가 덜 풀린 듯 메리를 한참 쳐다보다 결국은 목줄을 풀어 주었다. 앞마당 철문 닫히는 소리가 들리고 주인 남자의 자동차 소리가 멀어진다. 드디어 주인 남자가 정기 휴일 낚시를 떠났다. 주인 남자는 매일 닭 잡는 것으로 모자라 한 달에 한 번 있는 휴일까지 낚시를 떠난다. 도대체 얼마나 잡아야 그가 만족해할지 궁금해진다.

자유의 몸이 된 메리가 집 안을 킁킁거리며 돌아다닌다. 하지만 메리는 전처럼 경쾌해 보이지 않는다. 울타리 밖에서 볼일을 보고 온 메리가 닭장 앞으로 왔다. 그러고는 물끄러미 나를 바라본다. 이제 놈이 나를 구분한다.

메리는 한동안 닭장 앞에 서 있다가 어쩐 일인지 닭장 옆에 눕는다. 그리고 내게 뭔가 말을 한다. 하지만 난 알아들을 수 없다. 메리가 몇 번을 끙끙거리며 애를 써 보지만 헉헉하고 바람 빠지는 소리만 들릴 뿐이다.

"메리, 아무리 그래도 난 소리 없이 나오는 네 말을 알아들을 수 없어. 그냥 나 혼자 떠드는 게 나아. 메리, 그래도 다행스러운 건 네가 전보다 더 용맹스러워 보인다는 거야. 겁쟁이나 먼저 소리를 지르고 짖어 대는 거야. 내가 항상 말했잖아. 사나운 놈들은 먼저 짖지 않는다고. 호랑이가 짖고 나서 사슴을 잡지는 않아. 그런 의미에서 이제 넌 좀 더 용맹스러워지고, 좀 더 늑대다워진 거야. 그런데 왜 안 나가고 있어. 마을에 가서 암캐들을 만나야지. 쳇, 목소리를 잃어 창피해서 그런 거야?"

"허……억, 허……억!"

그사이 요령이 생겼는지 메리의 말들이 전과 다르게 조금씩 구분되어 나왔다. 나는 기쁜 마음에 좀 더 가까이 다가갔다. 메리와 내가 이렇게 가까이 있는 것은 처음 있는 일이다. 조금 긴장이 되기는 했지만 기분이 괜찮았다. 메리도 나쁘지 않은 듯 가까워진 나를 편하게 바라본다.

"찰……스……"

분명 찰스였다. 메리의 목에서 소리가 나왔다. 바람 소리 같지만 난 알아들을 수 있었다. 메리는 꼭 몸속 깊은 곳에 숨어 있는 말들을 끄집어낸 것 같았다.

"그래 내가 찰스야. 축하해 메리. 그 정도라도 소리를 찾은 거야?"

내가 한 발짝 다가가자 메리도 몸을 들어 한발 더 다가왔다.

"차……알……스…… 넌…… 말……이…… 너……무…… 많……아……"

충분히 알아들을 수 있었다.

"메리, 난 열여덟 살이야. 그러니 이제 형이라고 불러."

내가 말을 하고도 웃음이 나왔다. 개한테 형이라는 소리를 듣는 게 뭐 그리 멋진 일이라고.

"시……끄……러……워. 넌…… 사……람……이……아……니……야."

"하긴 너도 개 같지는 않아."

메리와 말하는 동안 나도 모르게 기분이 좋아졌다. 메리의 목소리 덕분인지 아니면 메리의 형이 돼서 그런 건지 알 수 없지만 닭이 되고 처음 느끼는 기분이다.

그때 문이 열리는 소리가 났다. 낚시를 가지 않은 소연이 더듬더듬 걸어 나온다.

"메리, 거기 있지?"

메리가 달려가자, 소연이 안아 준다.

"메리 답답하지? 시간이 지나면 나아질 거야."

메리가 헉헉거리며 몸속 깊은 곳에서 나오는 소리를 들려준다.

"메리, 벌써 소리가 나기 시작했어. 정말 다행이야. 내가 불빛을 분간하는 것처럼, 너도 작은 소리를 만들 수 있으니. 정말 잘됐어."

소연이 흐뭇한 표정을 짓는다. 메리가 덩치에 안 맞게 재롱을 피운다.

"메리, 그녀의 이름은 소연이야. 내가 알아낸 거야."

"난… 벌… 써… 알…고… 있…었…는…데."

정말 어이가 없다.

"그럼 왜 말을 안 했어?"

"말…할 기…회…가 없…었…잖…아."

틀린 말은 아니다. 개가 닭에게 주인 여자의 이름을 알려 줄 이유는 없다.

"메리, 그녀는 내 연인이었어."

나는 메리에게 자신의 주인과 내가 연인 사이였다는 것을 확실히 알려 주고 싶었다.

"찰…스… 아…니…야… 그…건… 네…가… 착…각…하…는… 거야."

메리가 날 놀리려는 듯 소연에게 더 재롱을 부렸다.

그때 뒤쪽 울타리 너머에서 자동차 멈추는 소리가 들렸다. 잠시 후 사람 발자국 소리가 들려온다. 놀란 메리는 짖지 않고 울타리 쪽을 주시만 했다.

울타리 쪽에서 직업소개소 사장이 모습을 보였다. 그는 검은

색 안경을 쓰고 어깨에는 기다란 가방을 메고 들어왔다. 메리가 가까이 오는 사장을 노려보며 으르렁거린다.

"어이고, 무서워라. 메리, 소리 없이 노려보니까 더 무섭다. 근데 너 까불다가 죽는다."

사장의 얼굴이 일그러졌다.

"어떻게 들어왔어요?"

소연의 물음에 사장은 아무 대답 없이 어깨에 메고 있던 긴 가방을 내려 지퍼를 연다. 사장이 꺼낸 건 사냥총이었다. 사장은 주머니에서 총알을 꺼내어 장전을 하고 메리에게 총을 겨눴다. 총은 번쩍거렸다.

"메리, 너 내 손에 있는 게 뭔지 모르지? 하긴 이런 거 처음 보지? 이게 말이야, 이태리에서 온 베넬리야. 무게 2.9킬로그램. 든 것 같지도 않아. 착용감 죽이지. 사냥총이라고 인마. 네가 나 한 번 물을 때, 난 네 머리에 다섯 발 박아 줄 수 있어. 그 말은 오연발이란 뜻이야. 이제 알겠지. 버릇없는 개새끼야?"

사장의 말에 소연이 다급하게 메리를 안는다.

"메리, 가만있어. 메리 이리 와. 오늘 쉬는 날인데 여기 왜 왔어요?"

"왜 자꾸 물어. 오늘 정기 휴일이고, 휴일 날 아저씨는 낚시 가고, 중국 여자는 동포들 만나러 외출했을 것이고. 그러면 우리 따님이 혼자 남잖아. 이럴 때가 돈 받기 딱 좋은 날이잖아. 그러니 버젓이 차 가지고 와서 주차장에 세울 수도 없는 노릇이고. 그래서 저쪽으로 들어왔지. 메리가 다니는 길."

사장의 몸짓에 메리가 다시 으르렁거린다.

"너 자꾸 까불면 죽는다. 메리 너 원위치로 가."

소연이 메리의 목을 잡고 개집으로 데려간다.

"메리 너 운 좋았다."

사장이 비열한 웃음을 짓는다.

"내가 부탁한 거 알아봤어요?"

"그럼, 알아봤지. 야, 근데 오늘 사냥하기 딱 좋은 날이다."

말을 하며 사장이 닭장 쪽으로 총을 겨눴다.

"이봐, 지금 뭐하는 거야. 어디다 총을 겨누는 거야?"

내가 소리쳤지만 그는 내 말을 알아듣지 못한다.

"난 낚시도 실내 낚시터에서 하는 게 좋더라."

"그게 무슨 소리야? 그게……"

'탕.'

내 말이 끝나기도 전에 사장이 총을 쐈다. 총소리와 동시에 이 층 선반에 앉아 있던 닭 한 마리가 나가떨어졌다. 떨어진 닭은 미동도 하지 않았다.

"명중!"

사장이 소리쳤다.

목을 몇 번이나 비틀려도 죽지 않던 그 닭이 '탕' 소리 한 번에 즉사했다. 몇 마리의 닭들이 총소리에 놀라 잠깐 뛰어다녔지만 이내 잠잠해졌다. 총의 위력을 모르니 닭들의 본능이 반응하지 않는다. 닭장 안은 닭 한 마리가 죽은 것 외에 아무 일도 일어나지 않은 것이다. 의식이 있는 나만이 놀라서 몸을 웅크렸다.

"뭐하는 짓이야!"

총소리에 주저앉았던 소연이 사장 쪽을 향해 소리쳤다.

"사냥하잖아. 나한테 줄 돈에서 닭 몇 마리 값 빼 버려."

"닭장에다 총을 쏘면 어떻게 해요."

"닭장 밖에는 닭이 없고, 소리도 못 내는 개 한 마리와 앞도 못 보는 여자 하나가 있다. 그러니 난 사냥을 닭장에서 한다. 닭 몇 마리 값 내가 물어주면 되고."

"그만하세요. 닭 필요하면 그냥 잡아가면 되잖아요."

"어떻게 잡든, 똑같아. 재미 좀 보자. 너희 아버지가 닭이 몇 마리 남았는지 매번 기억할 것도 아니고."

사장이 또 총을 겨눴다. 나는 너무 화가 났다.

"너 어디다 총을 쏴. 너 미쳤어? 닭을 잡고 싶으면 들어와서 잡으란 말이야!"

사장이 겨눴던 총을 살짝 내리고 나를 보았다.

"저기 이쪽 보고 꼬꼬댁거리던 수탉 있지. 이번에는 그놈 맞힐 거야."

내가 뭘 잘못 들었을까. 저놈이 내 얘기를 한 것 같다.

"지금 나한테 쏘겠다는 거야? 지금 나 말한 거냐고. 아하, 젠장 이런 방법이 있는 줄은 몰랐어. 누가 닭장에다 총을 쏜단 말이야. 이건 상상도 못한 거야. 내가 이제껏 어떻게 버텨 왔는데……"

나는 이층 선반에서 뛰어내려 다른 닭들이 모여 있는 곳으로 달려갔다. 닭들 속에 숨어야 한다. 혼자 떨어져 있으면 안 된다.

"저놈 봐라. 지금 저 쏜다는 거 아는 놈처럼 움직이네. 다른 닭들은 멀쩡한데 저놈은 저 쏘는 것을 아는 것 같네. 이러니까 더 재미있네. 아주 재미있어. 오호, 이거 완전 서바이벌 게임이야."

사장은 벌써 흥분해 있었다. 소연이 손을 저어 보지만 말릴 수 있는 처지가 아니다. 나는 총소리에 겁먹고 눈치만 보는 메리가 더 원망스러웠다.

"메리, 뭐하고 있어? 저놈 좀 어떻게 해 봐. 자꾸 날 겨누잖아."

'탕.'

내 앞에 있던 닭이 '꾹' 소리와 함께 나가떨어졌다. 나는 심장이 멈추는 것 같았다. 다른 닭들도 이제는 위험을 느꼈는지 이리저리 뛰어다니기 시작했다.

"하하, 저놈 봐라. 잘 피하네."

날 두고 하는 말이다. 나는 고개를 숙인 채 다른 닭들 사이에 숨어 함께 뛰어다녔다. 그러면서 이층 선반 구석으로 숨을 기회를 엿보았다. 사장이 날 알고 있는 한 이대로 닭들과 함께 뛰는 것이 더 위험했다.

그때 몇 마리 닭들이 흥분해서 푸덕거리며 공중으로 뛰어올랐다. 나도 그 틈을 타 이층으로 뛰어올라 구석에 몸을 숨겼다. 사장이 쉽게 볼 수 있는 각도가 아니었다. 나는 수탉이 아닌 척 고개를 숙이고 날개로 머리를 가렸다. 그리고 사장이 나를 잊기를 기다렸다. 가슴이 두근거렸다. 다행히 총소리가 바로 들리지 않는다. 사장이 사냥을 멈춘 걸까. 나는 조심스럽게 고개를 들어

밖을 보았다. 그런데 어느새 사장이 내가 잘 보이는 닭장 반대편에서 나를 보고 있었다. 사장과 눈이 마주쳤다.

"이놈 머리 좋네. 거기 구석에 가서 숨었어? 그럼 내가 못 찾을 줄 알았어? 네가 닭장에서 숨어 봐야 거기서 거기지."

사장이 여유롭게 나를 겨누고 있지만 내가 할 수 있는 건 아무것도 없다. 이제 난 총소리와 함께 아래로 떨어지면 되는 것이다.

"제발 그만하고 알아 온 거나 얘기나 해 줘요. 돈 줄 테니."

소연의 말에 사장이 겨눴던 총을 내렸다. 나의 여인 소연이 나를 살린 것이다.

"야, 저놈 머리가 있네. 총이 뭔지를 아는 것 같아. 너 오늘 운 좋았다."

사장이 소연에게 다가갔다.

"찰스가 살았던 보육원에 가서 친했던 친구들을 만나 봤어. 다들 떠났다고 생각하더군. 꼭 떠나야 된다고 말했대. 그런데 그중 한 아이한테서 이상한 얘기를 들었어. 그 친구가 하는 말이 찰스가 떠나기 한 달 전부터 가끔 악마를 보았다는 말을 했다는 거야. 악마를 보아서 돈이 필요하다고, 그래서 찰스가 한 달 동안 잠도 안 자고 밤과 새벽에 일을 했다고. 그래야 악마에게서 사랑하는 사람을 구할 수 있다고. 그 친구는 그 말을 장난으로 흘려 넘겼대. 결국 찰스는 여기 말고 다른 도시에 방을 구했고. 친구들이 어디에 구했느냐고 물어도 말하지 않았다고 해. 그리고 조용히 떠났대."

"맞아요. 그날 나도 기억해요. 날 데리러 온다고 했어요."

"그 말은 오지 않았다는 뜻이지? 다른 친구 말로는 찰스가 짐을 들고 떠나던 날 보육원으로 누가 찾아왔다고 했어. 찰스가 그 남자를 보고 악마라고 했대. 그게 마지막이야. 그 친구는 찰스의 친아버지가 온 거라 생각했대. 근데 찰스의 친아버지는 삼 년 전부터 병원에 누워 있거든. 그러니 찰스의 아버지는 아니지. 순간 내 머릿속에 누구 얼굴이 떠오른 줄 알아? 네 새아버지 얼굴이 떠올랐지. 그래서 성호가든 사장 사진을 보여 줬어. 왜냐, 사랑하는 사람을 구한다고 했으니, 그건 여자 친구인 너일 것이고, 여자 친구랑 가출을 한다고 하면 그 가족이 당연히 싫어하겠지. 그날 찰스가 만난 사람이 네 새아버지야. 확인했어. 그 후로 찰스의 소식이 끊겼어. 아직 확실한 건 아무것도 없어. 찰스가 어딘가에서 잘 살고 있는지 무슨 일을 당했는지. 다만 기분이 그렇다는 거야. 또 네 새아버지가 악마라는 증거도 없잖아. 요즘 세상에 악마가 있나?"

"악마……"

"영화에서 보면 이런 경우 마지막 사람하고 관계가 있지. 하지만 이건 현실이잖아."

"그때만 해도 조금은 볼 수 있었는데."

"아참, 네가 준 약 있지. 그 약은 시력하고 아무 상관없는 약이다. 그냥 영양제래."

소연의 얼굴에 분노가 일었다.

"그럴 줄 알았어요."

"필요한 약 내가 구해 줄까. 그 정도는 돈 안 받을게."

사장이 소연의 비위를 맞추는 척한다.

"망막색소변성증."

"알고 있어. 그 정도야 구해 줄 수 있지. 구하는 대로 들를게."

"새아버지가 왜 약을 바꾸었을까요?"

"이 성호가든이 두 사람이 공동 주인인 상황에서 네가 눈이 더 나빠지면 새아버지 입장에서는 편해지겠지."

"그러겠지요. 그래서 아마 찰스도 새아버지가……"

"함부로 얘기할 수 없어."

"아니요. 난 느낄 수 있어요."

"직감이란 무시할 수 없지. 내 얘긴 이게 다야."

'철컥.'

또 장전하는 소리가 들렸다. 어느새 사장이 닭장을 향해 총을 겨누고 있다.

"제발 그만 좀 하란 말이야. 목숨 가지고 장난하는 거 아니야!"

너무 화가 나서 내가 소리를 질렀다.

"그래 확실해. 내가 본 게 틀리지 않아. 저놈은 다른 닭들하고 달라. 저놈 가만있다가 내가 총을 겨누니까 꼬꼬대거리는 봐. 정말 신기하네. 닭이 사람을 지켜보고 있어. 이게 말이 되나? 정말 신기하네."

내가 실수를 한 것이다. 결국 놈이 나를 알아 버렸다. 어떤 상황에서도 나를 드러내는 게 아니었다. 결국 내 운명을 저놈 손에 쥐어 준 것이다. 하지만 이렇게 포기할 수 없다. 내가 어떻게 이

년을 버텨 왔는데, 총 한 자루에 이렇게 무너질 수 없다.

나는 마음을 다잡고 선반에서 뛰어내려 닭의 무리 속으로 파고들었다. 놈이 나를 구분한다면 이층 선반은 내게 더 불리한 장소다. 다른 닭들 속에서 사장의 총구가 어디로 움직이는지 주시하면서 어떻게든 버텨야 한다.

나는 다리를 구부리고 몸을 낮춘 뒤 고개를 내밀어 사장 쪽을 살폈다. 사장의 총구가 이리저리 움직였다. 놈이 나를 찾고 있는 것이다.

'탕.'

총소리와 함께 내 옆에 있던 닭 한 마리가 또 쓰러졌다. 그래 이렇게 피하면 되는 거야. 총이나 사람의 손이나 다를 게 없다. 이렇게 버티는 거다.

"그거 한번 쏴 봐도 돼요?"

소연의 목소리다.

"네가? 뭐가 보여야 쏘지."

사장이 어이없는 표정을 지으며 총을 내렸다. 소연이 또 나를 살린 것이다.

"가르쳐 주면 되잖아요. 한 번만 쏴 볼게요."

"그러다 나 쏘려고?"

"뭐가 보여야 쏘지요."

그 말에 사장이 웃는다.

"그래 까짓 거. 눈이 멀었다고 사냥의 매력까지 포기할 수 없지. 그럼 연습이야."

사장이 소연에게 총을 건넸다. 소연이 어정쩡한 모습으로 총을 받아 들자 사장이 가까이 다가가 자세를 잡아 준다.
"자, 여기 잡고, 이렇게 겨누는 거야. 지금 총알 두 발 남았어. 두 발만 쏘고 끝이야. 이거 장난감 아니야."
"알아요."
"이게 안전핀이야. 이거 이렇게 밀고, 저기 목표물이 뭐냐면, 닭이야. 내가 못 맞힌 그 닭. 내가 말해 줄 테니 쏴 봐. 그렇지 이렇게……"
사장의 말에 소연이 닭장을 향해 총을 겨눈다. 정말 너무한다. 사장으로 모자라 이제는 소연이 닭장으로 총을 겨누고 있다.
"소연 왜 그래. 우리 사랑하는 사이였다고 했잖아. 그런데 날 향해 총을 겨눠? 내가 아무리 그때 일들을 기억하지 못한다고 날 겨누면 안 되지. 사랑하는 사람이 닭이 되었다고 총을 겨누는 경우가 어디 있어!"
'탕.'
소연이 방아쇠를 당겼다.
꼬꼬댁, 꼬꼬꼬!
설마 당길 줄은 몰랐다.
"아무것도 안 맞았어요?"
소연이 상기된 얼굴로 묻는다. 다행히 쓰러진 닭은 없다.
"아직은 안 맞았어. 맞을 뻔했어. 근데 잘 쏘네. 소질이 있어. 자, 마지막 한 발."
"제발 그만해. 당신 사랑하는 사람이 닭장에 있다고. 제발!"

악을 써 보지만 내 목소리는 우왕좌왕하는 닭들 속에 묻혀 버린다. 어차피 그녀는 알아들을 수 없다. 그녀에게 닭장에서 들리는 소리는 모두 비슷한 소리일 뿐이다.

"지금이야. 쏴!"

사장의 말과 동시에 소연이 다시 방아쇠를 당긴다.

'탕.'

"아깝다. 오연발 끝!"

"어렵지 않네요."

사장에게 총을 건네는 소연의 표정이 묘하다.

"느낌이 좋지 않아? 사냥감을 향해 총알이 날아가는 그 찰나의 순간. 맞았을까, 아니 맞지 않았을까 하는 그 스릴. 그리고 목표물이 쓰러진다. 이건 마법 같은 매력이야. 총알이 보이지 않기 때문에 마법 같은 거야. 내가 당기고 겉으로 보기에는 아무것도 일어나지 않았는데, 멀리 상대가 쓰러지는 거야. 내 의식이 저쪽으로 그대로 전달되는 거지. 칼로 찌르는 거와는 느낌이 다른 거야. 이게 사냥의 묘미야."

"그 총 하루만 빌려 줄 수 있어요?"

그 말에 사장이 소연을 한동안 빤히 쳐다본다.

"이런 총은 함부로 빌려 줄 수 없어. 법적으로 문제가 된다고."

소연이 실망한 듯 고개를 돌리자, 사장이 진지하게 묻는다.

"어디다 쓰려고?"

"사냥총이잖아요. 사냥해야지요."

이번에는 소연의 얼굴에 미소가 보인다.

"사냥은 위험해."

사장은 심기가 불편한지 먼 곳으로 시선을 돌렸다.

"돈이면 뭐든 다 하잖아요. 모른 척해 주면 큰돈을 벌 수 있어요. 물론 내가 성인이 돼야겠지만."

"돈 좋지. 그래도 이건 위험해."

"밤늦게 이리로 전화를 해요. 내가 받지 않으면 신고를 하세요. 차에 있던 총을 누가 가져갔다고."

소연의 말에 사장이 미소를 지었다.

"넌 영리해. 눈이 안 보이는 여자에게 사냥총이라. 안 될 것도 없지."

사장이 총알을 꺼내어 장전한 후 소연에게 총을 건넨다.

"다섯 발이야."

"그거면 충분해요."

"죽은 닭들은 치워야겠지? 아저씨 보시면 날뛸 테니까."

"아니요. 닭들은 그대로 두세요."

사장이 닭장을 보면서 묘한 미소를 보인다.

"그럼 난 갈게. 뭔지 몰라도 잘해 봐."

사장이 울타리 쪽으로 빠져나가는 동안 소연은 닭장에서 시선을 떼지 않는다. 사장의 자동차 소리가 사라지자 메리가 집에서 나온다.

8

 난 사람이다. 처음으로 사람의 모습을 한 내 모습을 보았다. 열여덟 살 남자. 하지만 누가 믿을까. 온순해진 메리가 믿어 줄까. 닭이 사람의 의식을 가졌어도 그건 닭이고, 사람의 몸으로 닭의 의식을 가졌어도 그건 사람이다. 메리의 몸에 사람의 영혼이 내려앉은 것이 사실이라 해서 내가 메리를 사람으로 인정하지 않는 것처럼, 결국 난 닭이다. 더 중요한 건 내가 사람이란 근거가 이 세상 어디에도 없다는 사실이다. 내 의식과 내 생명만이 근거가 될 뿐, 다른 누군가에게 증명할 길이 없다. 어쩌면⋯⋯ 어쩌면 이 세상에는 나와 같은 존재가 수없이 많은데 서로 알아보지 못하는 건 아닐까.
 난 닭으로 나를 마무리하고 하고 싶지 않다. 나를 위해 나를 찾아야 한다. 기억만이 답이다. 메리가 깊은 곳에서 말을 끌어올린 것처럼 나도 기억해 내야 한다. 천천히, 아주 천천히 기억이 밀려온다.

보육원 정문 앞으로 주인 남자가 보인다. 그가 나를 찾아왔다. 나는 그의 차에 탔다. 주인 남자가 나에게 물었다.

"그 가방 뭐냐?"

"아무것도 아니에요."

난 그를 두려워하고 있다.

"소연이도 가방을 가지고 있던데. 두 사람 어디 가?"

나는 아무 말도 하지 않는다. 온몸이 떨렸다.

"왜, 어디 가려고?"

"아니요. 아무 데도 안 가요."

내 대답에 주인 남자가 기분 나쁜 미소를 짓는다. 주인 남자는 뭔가 다 아는 눈치다. 나 또한 뭔가를 아는 눈치다.

"둘이 좋아해서 도망가는 거야, 아니면 뭘 알고 있는 거야?"

주인 남자는 내가 알고 있는 것을 아는 눈치다.

"전 아무것도 모르는데요."

"아무것도 뭘 모르는데? 그 말이 꼭 뭘 아는 것처럼 들리잖아. 뭘 아는데?"

주인 남자가 또 웃는다. 차가 흔들거려 주인 남자의 웃는 얼굴도 흔들거린다. 기분 나쁜 웃음이다.

둘은 한동안 말을 하지 않는다. 차는 시내를 벗어나 한적한 시골길로 가고 있다. 그곳이 어디인지는 나도 모르는 것 같다. 차는 목적지가 있어 가는 게 아니라는 걸 알 수 있다. 그냥 대화를 이어 나가기 위해 움직이고 있다.

"어디 가시는 거예요?"

"나도 몰라. 그냥 얘기하는 거야. 네가 정말 아는 거 말하면 보내 줄게. 너 예전에 나 본 적 있지?"

"아니요. 없어요."

"나는 너 본 적 있는데."

"어디서요?"

"네가 어딘가에 있을 때. 이를테면 아르바이트를 하고 있을 때."

나는 숨이 막힌다. 하지만 내가 왜 숨이 막히는지 알 수가 없다. 나로 보이는 아이가 숨이 막혀 보였기 때문이다.

"정말 모르는데요?"

"자꾸 이러면 여자 친구에게 좋을 것 같아?"

나는 대답하지 못한다. 그사이 차가 어딘가에 멈춰 섰다. 창밖은 어두워지고 있다. 나는 두려워하고 있다. 그가 차에서 내리고 나도 내렸다. 가방은 차에 그대로 있다. 나는 걸었다. 주인 남자가 내 뒤를 따른다. 두려움이 고통으로 변해 살을 파고드는 것 같다. 그러다 멈춰 섰다. 그곳은 숲이었다. 하지만 어딘지 알 수 없다. 숲은 우거져 있다. 땅에서 더운 기운이 올라왔다. 나는 주위를 두리번거린다. 어딘가에서 닭 우는 소리가 들린다. 울음소리에 닭똥 냄새가 섞여 있다. 난 그제야 내가 서 있는 곳이 성호가든 뒤뜰과 이어진 작은 산이란 걸 안다. 풀이 우거져 아무도 들어가지 않는 곳. 주인 남자는 멀리 돌아 뒷길을 통해 성호가든으로 다시 온 것이다.

"이제 말해 봐. 뭘 봤지?"

난 더 이상 숨길 수 없다는 것을 느낀다.

"아저씨는 소연이 새아빠가 아니잖아요."

"역시."

"알바 하던 곳에서 두 분이 다투는 거 봤어요."

"역시."

두 남자가 말다툼을 했다. 나는 닭고기를 파는 시내 패스트푸드 점에서 일을 했고, 처음 보는 남자들이 실랑이하는 모습을 보았다. 그들은 그냥 보기에도 외지에서 온 사람들이었다. 그중 한 남자가 '성호가든'으로 간다는 얘기를 했다. 그는 소연이 엄마가 죽었으니 법적으로 남편인 자신이 성호가든의 주인이 될 것이라고 했다. 둘은 오랜 시간 언성을 높여 얘기했다. 다투고 있었다. 그리고 소연을 만나러 성호가든에 갔을 때 소연의 새아빠가 바뀌어 있었다.

"네가 몰랐으면 서로 다 좋았을 텐데."

순간 둔탁한 것이 내 머리를 쳤다. 나는 쓰러졌다.

얼마나 시간이 지났을까. 주인 남자의 모습이 보인다. 내 모습은 보이지 않는다. 하지만 몸이 너무나 가볍게 느껴진다. 어느새 주인 남자가 채소를 사료 믹서에 넣고 갈고 있었다. 믹서에 들어가는 채소들은 토종닭이 먹기에 더없이 푸르렀다. 그런데 믹서에 들어간 푸른 채소들이 빛깔 좋은 아주 붉은 사료가 되어 쏟아져 내려오고 있었다. 주인 남자는 아주 푸른 하늘 아래, 구름도

적당히 있는 하늘 아래, 성호가든의 닭한테 주기에 너무나 붉은 사료를 양동이에 가득 담아 닭들에게 넣어 주고 있었다. 내가 그 위를 날고 있었다. 바람이 적당히 불고 있었다. 닭들은 처음 먹어 보는 먹이를 보고 환장을 하며 달려들었다. 사람의 피가 뚝뚝 떨어지는…… 이리 밀치고 저리 밀치고 서로 먹겠다고 난리였다. 주인 남자는 흐뭇한 듯 바라보고 있었다.

눈을 떴다. 꿈을 꾼 걸까. 아니면 기억이 살아난 걸까. 사장이 떠나고 머리가 아파 기절을 했는데 벌써 해가 지고 있다. 닭장에 온 후 이렇게 오랜 시간 잠을 잔 건 처음이다. 하지만 이건 꿈이 아니다. 이건 기억이다. 내 기억들.

"메리, 내가 찰스라면…… 내가 찰스라면…… 메리, 내가 찰스라면 너무 불쌍하게 죽은 거 아니야? 주인 남자가 저 기계 위에 나를 집어넣고 갈아 버린 거라고!"

나는 울부짖었다. 성호가든의 밤이 오고 있었다.

9

 주인 남자를 죽여야 한다는 결론을 내렸다. 그리고 닭이 사람을 죽이는 방법에 대해 생각했다. 쉬운 일은 아니다. 완전히 불가능한 일일 수도 있다. 하지만 포기하지 않을 생각이다. 사람도 그렇게 많은 닭을 죽이는데 닭이라고 사람을 못 죽일 이유가 없다. 사람의 죽음이 닭의 죽음보다 거창한 건 아니니까.
 메리는 여전히 닭장 앞을 지키고 있다. 아마도 내가 기절한 후부터 닭장 앞을 떠나지 않은 것 같다. 주인 남자에게 죽은 내가 불쌍해서인지, 성대를 잃은 후 성숙해진 건지 알 수 없지만 메리의 변화가 나쁘지는 않다.
 "메리, 네가 이렇게 닭장 앞에 있으니까 친구가 된 느낌이야. 잠깐 친구라는 생각이 들어서 그런데 이 닭장 안에 죽어 있는 닭들 네가 먹어도 돼. 허락할게. 둘 다에게 좋은 일이잖아. 난 죽은 닭이 치워져서 좋고, 넌 배불러서 좋고."

메리가 나를 쳐다본다. 하지만 여전히 말이 없다.

"메리, 왜 이렇게 조용한 거야? 그래 메리, 넌 들을 수 있다는 것에 감사해야 해. 넌 듣는 것도 냄새를 맡는 것도 훨씬 뛰어나잖아. 그러니 하나쯤 잃어도 괜찮아."

그 말이 거슬렸는지 메리가 고개를 든다.

"난… 익힌… 고기에… 익…숙…해…졌…어. 주…인…이 날 위…해… 정…성…을… 들인 음식…"

"메리 넌 정말 재수 없는 강아지야."

메리가 날 보고 웃는다. 나도 메리를 보며 웃는다.

우리가 웃는 동안 밤이 깊어지고 있었다.

"메리, 너도 느껴지지? 우리에게 새로운 시간이 찾아오고 있다는 것을. 그래서 말하지 않는 거지? 하긴 넌 개니까 못 느낄 수도 있어. 의식을 가지고 있는 나만이 느끼는지도 모르지. 메리, 어쩌면 그놈이 내가 찰스라는 것을 알지 않을까? 항상 닭장에 들어오기 전에 날 유심히 쳐다보거든. 사실 사람이 닭을 그렇게 유심히 볼 이유는 어디에도 없거든."

그때였다. 멀리서 자동차 소리가 들리기 시작한다. 주인 남자의 차다. 메리가 일어나 천천히 개집으로 걸어간다.

"메리, 너도 나와 같이 뭔가를 느낀 거구나. 그래서 겁쟁이처럼 피하는 거야. 아니면 오늘도 넌 주인 남자가 무서워 피하는 거야? 내게 너와 같은 이빨과 힘이 있다면 복수를 할 수 있을 텐데."

자동차 시동이 꺼지고 앞문 열리는 소리가 들린다. 주인 남자가 닭장으로 들어올 것이다. 외출을 하고 온 주인 남자는 집 안으로 가기 전 항상 닭장을 살피고 메리를 확인한다. 죽어 있는 닭을 발견하겠지. 주인 남자의 소리가 가까워 온다. 날 죽인 사람이다. 닭장을 돌 때와 또 다른 살기가 느껴진다.

"메리, 원수가 들어오고 있어."

메리는 아무 대답이 없다.

어느새 주인 남자가 닭장 앞에 섰다. 어둠 속이지만 주인 남자는 바닥에 쓰러져 있는 닭들을 쉽게 발견했다. 주인 남자가 메리를 쳐다본다. 하지만 메리는 집에서 나오지 않는다. 주인 남자는 심상치 않은 분위기를 느낀 듯 주위를 둘러본다. 어느새 소연이 뒷문 앞에 나와 있다.

"아저씨 왔어요?"

"왜 닭이 죽어 있어? 무슨 일이야?"

"닭이 죽었어요?"

소연이 닭 죽은 걸 모른 척하고 있다. 사장이 한 짓이라는 걸 뻔히 알면서, 거기다 본인이 죽은 닭을 치우지 말라고 했으면서 딴소리를 하고 있다. 이상하다.

"그래, 세 마리나 죽어 있잖아."

"이게 무슨 일일까?"

소연이 말을 하며 닭장으로 다가온다.

주인 남자가 닭장 불을 켰다. 잠들었던 닭들이 웅성거린다. 주인 남자는 다른 때와 다르게 조심스럽게 닭장으로 들어왔다. 그리고 쓰러져 있는 닭을 집어 천천히 살피기 시작한다. 그런데 어찌 된 일인지 소연이 닭장 문을 잠그고 고리를 채우고 있다. 그제야 나는 그녀가 엄청난 일을 꾸미고 있다는 걸 알게 되었다.

닭장 문을 잠근 소연이 메리의 집을 향해 서둘러 걸어간다. 그때까지도 주인 남자는 상황을 알지 못한 채 두 번째 닭을 집어 들고 있다. 소연이 메리의 집에서 꺼낸 것은 사장의 총이었다. 내가 기절해 있는 사이 메리의 집에 갖다 넣은 게 분명했다.

주인 남자는 세 번째 닭을 집고 나서야 총을 들고 있는 소연을 발견했다.

"너 지금 뭐하는 거야? 그거 어디서 났어. 아―아 그놈. 그래, 그 자식 거구먼. 그 자식이 왔었어. 왜? 이 총 갖다 주러? 그거 못 치워?"

"못 치워요."

소연의 대답은 단호했다. 주인 남자는 어이없다는 표정으로 닭장 문으로 갔다. 그제야 그는 문이 밖에서 잠긴 것을 확인했다.

"문을 잠갔어? 너 문 못 열어?"

주인 남자가 문을 흔들었다. 문은 금방이라도 부서질 것 같았다.

'탕.'

소연이 문을 향해 총을 쏘았다. 총소리에 주인 남자가 주저앉았지만 총에 맞은 건 아니었다.

"너 죽고 싶어?"

화가 난 주인 남자가 소리쳤다.

"이제 네 발 남았어요. 오연발인데 한 발 쏜 거예요. 당신이 그럴 줄 알았어. 당신이 찰스를 죽인 거지? 당신이 찰스를."

소연은 침착하려 애쓰고 있었다.

"그럼 내가 도망가게 놔둘 것 같았어? 네가 떠나면 나 혼자 이상해지잖아. 사람들이 날 이상하게 볼 거라고. 우린 성호가든의 공동 주인이잖아."

"당신은 내 새아버지가 아니야. 엄마가 말했던 새아버지와 달라. 그래서 내 눈이 보이지 않게 약을 바꾼 거야. 내가 알아볼까 봐. 날 병원에 가지 못하게 하고."

소연의 말에 주인 남자가 미소를 지었다.

"다 알았네. 널 맹인학교에 보내고 여기서 좀 오래 살아 보려 했는데. 네가 다 망쳤어. 넌 운이 없어. 네가 자초한 일이야. 이제 너도 살려 둘 수 없어!"

주인 남자의 몸이 흔들렸다. 그리고 서서히 얼굴이 붉게 변하고, 머리카락이 단단해져 일어섰다. 주인 남자는 악마처럼 변해 갔다.

"당신은 악마야. 찰스가 그랬어. 악마에게서 날 구하러 오겠다고. 난 무슨 말인지 몰랐어. 내가 알게 되면 위험할까 봐 얘기 안 한 거야."

"내가 총에 죽을 것 같아? 문 열어."

"그래도 총이 무섭지?"

소연의 목소리가 떨렸다.

"아니야. 네가 날 두려워하고 있잖아. 내가 나가면 끝이라는 거 잘 알지?"

"나오면 쏠 거야."

"넌 눈이 보이지 않잖아."

"쏘면 맞을 수도 있고 맞지 않을 수도 있어. 누구도 알 수 없어."

소연이 주인 남자가 있는 쪽으로 총을 겨눴다.

"이깟 얇은 닭장 철망에 날 가둘 수 있을 것 같아?"

주인 남자가 몇 발짝 물러나 뒤쪽 철망을 흔들었다. 그러자 소연이 소리 나는 쪽으로 총을 쐈다.

'탕.'

주인 남자는 그대로 서 있었다. 이번에도 총알은 주인 남자를 비껴 나갔다. 두 번째 총소리에도 메리는 집에서 나오지 않았다. 소연이 닭장 쪽으로 한발 다가선다.

"맞은 거야?"

"아니, 맞을 뻔했지. 이제 세 발 남았네. 넌 세 발 쏘고 나면 끝이야."

그때 앞마당 쪽에서 손밍이 걸어왔다.

"손밍, 가서 저 총 잡아."

주인 남자가 소리쳤다.

당황한 손밍이 어쩔 줄 몰라 했다.

"손밍 너 뭐해. 저 총 잡으라고!"

주인 남자의 목소리가 더 커졌다.

"여사장님 그 총 주세요. 위험해요."

손밍이 조심스럽게 말했다.

"언니 가까이 오지 마요. 언니가 위험해요."

소연은 닭장에서 시선을 떼지 않은 채 말했다.

"손밍 뭐해! 저 총 빼앗지 못해!"

주인 남자가 또 소리쳤다. 손밍은 주인 남자의 목소리만 들어도 주눅이 들어 보였다.

"여사장님, 위험해요. 그러다 큰일 나요."

손밍이 다시 한발 다가왔다.

"오지 마세요."

소연의 목소리가 높아졌다.

"그럼 내가 할게요. 난 눈이 보이잖아요."

손밍의 말에 잠시 정적이 흘렀다.

"내가 도울게요."

손밍이 다가와 손을 내밀었다. 소연은 잠시 머뭇거리다가 총을 손밍에게 건넸다. 총을 받아 든 손밍이 주인 남자에게 총을 겨눴다. 그 모습에 주인 남자의 얼굴이 더 일그러져 이제는 까맣게 변하고 있었다.

"내가 나가면 너희 둘은 닭의 사료가 될 거야. 그 새끼처럼. 그 새끼처럼 이 닭들의 사료로 쓰일 거라고!"

주인 남자의 분노가 극에 달한 듯했다. 그 소리에 닭들이 웅성거리고, 집에 숨어 있던 메리가 고개를 내밀었다.

"네가 날 쏠 수 있을 것 같아? 도망 다니는 년이 여기서 사람을 죽이겠다는 거야?"

손밍이 총구를 주인 남자 가까이 가져갔다. 손이 심하게 떨렸다.

"넌 사람이 아니니까."

"도망 다니는 년이 감히 주인을 쏘겠다고? 너희는 이제 죽은 목숨이야!"

주인 남자가 말을 하며 닭장 문 쪽으로 움직이자 손밍이 주인 남자의 기세에 눌려 한 발짝 물러섰다. 주인 남자는 손밍의 움직임을 놓치지 않으며 걸었다. 어느새 주인 남자의 손이 문에 닿았다. 남자는 빗장을 열기 위해 철망 틈으로 손을 밀어 넣었다. 그 순간 손밍이 방아쇠를 당겼다.

'탕.'

총소리와 함께 주인 남자의 몸이 뒤로 넘어가 바닥에 떨어졌다. 그리고 더 이상 움직이지 않았다. 덩달아 성호가든의 모든 것이 멈춰 버린 것처럼 고요해졌다. 얼마나 시간이 지났을까. 정신을 차린 손밍이 총을 바닥에 던졌다.

"저는 떠나겠어요."

"언니, 가지 마세요. 총은 내가 쏜 거로 해요. 그 총 이리 줘요."

"아니요. 전 경찰을 만나면 안 돼요."

손밍이 집 안으로 뛰어 들어갔다. 소연은 더 이상 붙잡을 수 없었다.

원수가 내 앞에 쓰러져 있다. 나는 이층 선반에서 내려와 쓰러진 주인 남자에게 조심스럽게 다가갔다. 살아 있는 닭이 사람 가까이 가는 것은 언제나 쉬운 일이 아니다. 가슴이 두근거렸다. 주인 남자는 죽은 닭 두 마리 옆에 쓰러져 있었다. 닭과 사람이 닭장에 쓰러져 있는 광경을 또 어디서 볼 수 있을까. 흔치 않은 장면이었다. 닭과 함께 누워 있는 사람의 몸은 다른 때보다 훨씬 더 거대해 보였다. 주인 남자의 어깨 쪽에서 피가 흘렀다. 총알이 주인 남자의 어깨에 맞은 것이다. 어깨에 맞았을 뿐인데 그렇게 강하고 건장해 보이던 주인 남자가 쓰러져 있다. 너무 쉽게 죽는 게 아닐까.

그때였다. 바닥에 있던 주인 남자의 손이 움직였다. 심장이 멎을 것 같았다. 이어 주인 남자가 눈을 떴다. 주인 남자는 잠에서 깨어난 것처럼 하늘을 보았다. 그러다 천천히 손을 들어 총에 맞은 자신의 어깨를 움켜쥐었다. 주인 남자가 살아나는 동안에도 소연은 멍하니 서 있었다.

"소연, 그냥 서 있으면 안 돼. 주인 남자가 일어나잖아!"

내가 소리쳤다. 하지만 그녀는 듣지 못했다.

주인 남자가 천천히 일어나 닭장 문으로 걸어갔다. 그제야 소연이 주인 남자의 움직임을 알아차렸다.

"그깟 엽총으로 사람이 죽을 것 같아?"

주인 남자의 말에 소연이 정신없이 바닥을 더듬거렸지만 총은 몇 발짝 떨어진 곳에 있어 손에 닿지 않았다.

"총이 보이지 않지?"

주인 남자가 닭장 철망 틈으로 손을 넣어 빗장을 밀었다. 작은 빗장은 힘없이 열렸다. 이제 주인 남자가 나가면 소연도 나처럼 죽게 될 것이다. 모든 걸 안 주인 남자가 살려 둘 리 없다. 이대로 주인 남자를 닭장 밖으로 보낼 수 없다.

문득 지금이 내가 주인 남자와 맞설 수 있는 마지막 기회라는 생각이 들었다. 그러자 갑자기 몸이 뜨거워지는 게 느껴졌다. 닭의 몸이 된 후 한 번도 느끼지 못한 강한 기운이다.

기회가 온 것이다. 닭이 사람을 잡을 수 있는 기회! 닭이 사람에게 복수할 수 있는 기회!

꼬끼오, 꼬끼오!

나는 온몸으로 소리 질렀다. 머리끝에서 발끝까지 피가 구석구석 퍼져 나가는 것이 느껴졌다. 날개를 있는 힘껏 퍼덕거렸다.

"난 세상에서 가장 용감한 닭이다."

나는 소리치며 문을 여는 주인 남자 머리 위로 날아올랐다. 주인 남자는 갑작스런 내 공격에 당황한 듯했다. 나는 그 틈을 타 주인 남자의 상처 난 어깨를 공격했다.

"악! 뭐야. 이 닭새끼."

주인 남자가 문에서 떨어졌다. 나는 닭장 문 앞에 서서 주인 남자를 노려보았다. 얼마나 꿈꿔 왔던 일인가. 주인 남자와 내가 일대일로 대치하고 있다.

"나는 사람과 맞설 수 있는 유일한 닭이다!"

다시 날아올라 주인 남자에게로 달려들었다. 순간 주인 남자의 손이 나를 내리쳤다. 나는 힘없이 나가떨어졌다.

제아무리 초능력을 가진 닭이라도 사람을 이길 수 없는 걸까. 닭은 총에 맞은 사람에게조차 우스운 존재일까.

주위를 둘러보았다. 수십 마리의 닭들이 나와 주인 남자를 보고 있었다. 나는 이 년 동안 이 장면을 수없이 상상했다. 내가 사람과 맞서기 시작하면 나머지 오십 마리의 닭들이 나와 함께 사람과 맞서는 멋진 장면. 그러나 어떤 닭도 나를 도와주겠다고 나서지 않았다. 막상 아무 반응도 없는 닭들에게 서운한 감정이 들었지만 이 또한 예상했었다. 어차피 난 처음부터 혼자다. 이대로 포기할 수 없다. 여기 이 닭장에서 살다가는 저 주인 남자의 손에 두 번 죽을 게 뻔하다. 한 사람에게 두 번 죽는 건 너무 비참하다. 그럴 수는 없다. 난 용감한 닭으로 남고 싶다.

난 문 쪽으로 움직이는 주인 남자의 얼굴을 향해 또 날아올랐다.

"이 닭새끼가 미쳤어?"

허공을 가르던 주인 남자의 팔이 또다시 나를 때렸다. 나는 바닥에 내동댕이쳐졌다. 주인 남자는 거기서 멈추지 않고 이번에는 바닥에 쓰러진 나를 사정없이 걷어찼다. 내 몸이 허공에 떠올랐다가 닭장 철망에 맞고 떨어졌다. 너무 아파 숨을 쉴 수가 없었다.

주인 남자가 문 쪽으로 움직였다. 나는 억지로 몸을 일으켜 주인 남자를 따라갔다.

"거기 서. 나 아직 안 죽었어. 그 여자 건드리지 마."

있는 힘을 다해 소리쳤지만 주인 남자는 내 소리에 관심도 없이 닭장 문을 잡았다.

열면 안 된다. 나는 또 뛰어올랐다.

"저리 비켜. 이 수탉새끼."

주인 남자가 나를 또 쳐냈다. 그 순간 천천히 소연에게 다가가는 메리의 모습이 보였다. 총을 찾고 있던 소연이 메리를 안았다. 그리고 메리의 귀에 뭔가 속삭였다. 메리의 눈빛은 이미 변

해 있었다.

주인 남자가 문을 열자 메리가 닭장 문 앞을 막아섰다.

"메리, 내 생각이 맞는 거지? 너 이제야 본성을 찾은 거지?"

메리는 대답하지 하지 않고 묵묵히 닭장으로 들어왔다.

"메리 너 뭐야. 저리 가."

주인 남자가 소리치자, 메리가 주인 남자를 노려봤다. 메리의 눈은 분노로 가득 차 있었다. 잠시 후, 메리가 주인 남자를 향해 뛰어올랐다.

"악."

쓰러진 주인 남자 위로 메리가 올라섰다.

"메리 너 뭐야. 이 개새끼 왜 이래."

메리가 발버둥 치는 주인 남자의 목을 물었다. 주인 남자가 안간힘을 쓰지만 메리는 떨어지지 않았다. 주인 남자의 저항이 차츰 줄어드는 게 느껴졌다. 주인 남자는 죽어 가고 있었다.

"메리 어때? 사람의 입을 통해 공기가 들어오는 것이 느껴져?"

메리가 물고 있던 주인 남자의 목을 놓고 나를 보았다. 주인 남자는 더 이상 움직이지 않았다. 메리는 말없이 닭장 밖으로 나가 소연 옆에 섰다. 소연은 무슨 일이 있었는지 잘 안다는 듯 메리를 쓰다듬었다.

그사이 손밍이 가방을 들고 소연의 곁에 서 있었다.

"언니, 떠나지 않아도 돼요. 우리 그냥 같이 살아요. 어떻게든 방법이 있겠지요."

손밍이 고개를 떨궜다.

10

 아침은 모든 것을 지워 버린다. 아무리 지독한 밤이라도 아침을 당해 낼 수 없다. 메리, 소연, 손밍 그리고 나, 우리는 아무도 잠들지 않았다. 그러나 아침이 되면서 조금 전 일어났던 많은 일들이 아득해졌다. 세 발의 총소리도 메리의 용기도 옛이야기가 되어 버렸다. 주인 남자의 시체는 어디론가 사라져 버렸다. 닭장 안에서는 주인 남자가 어디로 갔는지 알 수 없다. 내가 아는 것은 닭처럼 털이 벗겨져 식당으로 가지 않는다는 사실이다. 죽음 뒤의 일정이 닭만큼 잘 짜여진 생명체도 없을 것이다. 그런 면에서 어쩌면 닭의 몸이 사람의 몸보다 값어치가 있지 않을까.
 주인 남자의 시체가 치워지고 새벽녘 한참 동안 주인 남자의 물건들이 태워졌다. 이제 주인 남자는 이 세상에 존재하지 않는다. 그는 소연의 의붓아버지가 아니면서 이 년 동안이나 의붓아버지 행세를 했다. 소연의 의붓아버지를 사라지게 한 것처럼 자신도 사라져 버린 것이다. 이제 아무도 그를 찾지 않을 것이다. 그가 누구인지 어디서 왔는지 아무도 모르기 때문이다.

손밍이 빨간 장갑을 끼고 앞치마를 두른다. 눈이 잘 보이지 않는 소연이 닭을 잡을 수 없기 때문이다. 멀리서 소연이 닭장 쪽을 바라본다.

"내가 닭을 잡을 수 있을까요?"

손밍이 묻는다.

"못할 것도 없지요. 할 수 있어요. 닭을 잡아야 장사를 하지요."

사람이란 참 잔인하다. 내가 사랑했던 사람도 잔인하다.

"다른 날처럼 장사를 해야 아무 일 없던 게 되는 거예요. 우리 두 사람 말고 아무도 모르는 거예요."

사람들은 사람의 의식을 가진 어떤 존재가 자신들을 지켜보고 있다는 사실을 전혀 눈치채지 못하고 있다. 알았다면 닭장 앞에서 두 여자가 저런 대화를 나누지는 못할 것이다. 하긴 나도 나처럼 의식을 가진 닭의 존재를 모르고 살았으니까.

"근데 저 닭이 왜 겁 없이 덤볐을까요?"

손밍이 용감한 나를 두고 하는 말이다.

"제일 억울한 닭일지도 모르죠."

소연이 대답했다.

손밍이 닭장 안으로 들어온다. 닭들이 움직이기 시작한다. 그래 오늘도 열심히 돌아 보자. 이변이 없는 한 난 살아남으니까.

"사장님, 수탉을 잡을까요?"

이게 무슨 소리인가. 갑자기 수탉이라니. 수탉은 몇 마리 되지도 않는다. 이런 아침에 꼭 수탉을 잡을 이유가 어디 있단 말인가.

"아니요. 수탉은 특별히 주문할 때만 잡아요."

역시 그녀는 나와 사랑했던 여인이다.

이제 손밍의 움직임에 맞춰 돌면 되는 것이다. 천천히 나는 손밍에게서 눈을 떼지 않는다.

꼬꼬대!

닭이 잡혀 나간다. 난 오늘도 건재하다.

멀리 자동차 소리가 들린다. 메리가 집에서 나와 짖기 시작한다. 아주 작은 소리로. 메리는 용감해졌지만 머리가 좋아진 건 아니다. 다행히 오늘은 메리의 집에 발길질할 사람이 없다.

직업소개소 사장이 들어온다.

"내가 어제 사냥총을 잃어버렸는데 혹시 못 봤어? 누가 가져간 거지? 총을 잃어버리면 큰일 나는데. 사고가 나면 주인한테 책임이 있는 건데."

사장은 말을 하며 조심스럽게 이곳저곳을 살핀다. 주인 남자를 찾는 것이 분명하다.

"성호가든 사장님은 어디 가셨냐? 왜 안 보이지?"

"아저씨는 떠났어요. 이제 돌아오지 않을 거예요."

소연이 대답했다.

"정말? 깨끗하게 떠난 거야?"

사장의 얼굴에 미소가 보인다. 그는 모든 것을 예상하고 있었다.
"네. 다시 돌아올 일은 없을 거예요."
"다행이네. 그럼 내 총은 무사히 잘 있나?"
"저쪽에 있습니다."
손밍이 메리의 집 옆을 가리켰다.
"보아하니 손밍, 너도 한몫했구나."
사장이 메리의 집 옆으로 간다. 메리는 다른 날과 다르게 사장을 향해 으르렁거리지 않는다.
"메리 이 자식, 이제 좀 조용해졌네. 그럼 그래야지. 나처럼 좋은 사람이 어디 있다고."
사장이 총을 집어 든다.
"어때, 사냥은 잘하셨어? 본래 총기라는 것이 함부로 빌려주고 그러는 물건이 아닌데, 내가 특별히 우리 여사장님 위해서 위험을 무릅쓴 거 알지?"
아무도 대답하지 않는다. 사장은 아랑곳하지 않고 말을 이어간다.
"나 여기 자주 올 거야. 여기 내 권리가 생겼잖아. 우리 자주 보자. 거의 매일. 옛 사장님은 닭고기 질려서 떠났구먼. 헤헤헤."
주인 남자가 사라졌다는 말에 그는 들어올 때보다 훨씬 들떠 있다.
"어디 긁히지는 않았겠지. 총을 저런 데 함부로 세워 두면 총열이 휘는 거야."
그는 손수건을 꺼내 총을 닦고, 총을 겨눠 총열이 반듯한지 확인한다. 그리고 총을 내려 다시 한 번 먼지를 닦아 내고 총을 겨눠 본다. 그리고 가볍게 방아쇠를 당긴다.

'탕.'

"아이, 깜짝이야. 총알 남아 있었네."

사장이 놀라 소리친다. 소연과 손밍도 놀라 사장 쪽을 바라본다.

"아니야. 별일 아니야. 난 총알 다 쏜 줄 알았지."

"크응."

그때 작은 소리와 함께 메리가 힘없이 쓰러졌다. 메리는 더 이상 아무 소리도 내지 않았다.

"지금…… 이게 무슨 소리지?"

소연이 조심스럽게 묻는다. 보지 못했지만 뭔가 직감한 것이다.

"메리가 총에 맞은 것 같아요."

손밍이 대답했다.

"메리…… 메리…… 메리. 너 어디 있어?"

소연이 더듬거리며 메리의 집 앞으로 가 메리를 안았다. 메리는 여전히 움직이지 않는다.

"이게 무슨 짓이야!"

소연이 울먹였다.

"나도 몰랐어. 정말이야. 난 빈 총인 줄 알았지."

사장이 난처한 표정을 짓는다.

나는 이층 선반에서 내려와 메리에게 가까이 다가갔다. 메리는 아직 살아 있다. 메리의 눈이 나를 보고 있다.

"메리, 너 죽어 가는 거야? 그렇게 충실한 척하더니 이렇게 끝나는 거야? 불쌍한 메리. 이제 좀 용감해졌는데. 이제 우리 친구가 되었는데. 너 정말 죽어 가고 있는 거야?"

메리의 눈이 한 번 깜박였다. 분명 내 말을 듣고 깜박인 것이다. 나는 최대한 철망에 가까이 다가갔다.

"메리…… 아무 일 없을 거야. 그렇지?"

그때 메리의 얼굴에서 미소가 보였다.

"메리, 너 지금 웃은 거지? 난 느낄 수 있어. 넌 움직이지 않았지만 난 느낄 수 있다고. 이건 특별한 의식을 가진 닭만이 볼 수 있는 거야. 너 날 보고 웃은 거지, 그렇지? 너 웃었으니까 지금 아무렇지도 않은 거야. 넌 용감한 개라 그깟 총알 한 방 정도는 아무것 아닌 거지? 내 말이 맞으면 눈이라도 깜박해 봐."

그 말에 메리가 천천히 눈을 감았다. 난 메리의 반응에 가슴이 복받쳐 올랐다. 하지만 그게 다였다. 메리는 더 이상 눈을 뜨지 않았다. 내 친구 메리가 죽은 것이다.

"언제까지 이렇게 쉽게 죽일 거야! 너무 허무하게 죽어 가잖아. 제발 이제 그만 좀 하란 말이야! 제발 좀 그만해. 너희 인간들은 언제까지 이렇게 우리를 쉽게 죽일 거야!"

사장을 향해 소리쳤다. 내 소리는 절규에 가까웠다. 닭장 철망에 붙어 죽을힘을 다해 퍼드덕거렸다. 사람들에게 내 목소리를 들려주고 싶었다. 어쩔 줄 몰라 하던 사장이 나를 노려보았다.

"그런데 저 수탉새끼는 며칠 전부터 왜 나만 보면 난리야. 정말 기분 더럽네. 개가 조용해지니까 닭이 지랄을 하네. 너 죽었어. 이 수탉새끼."

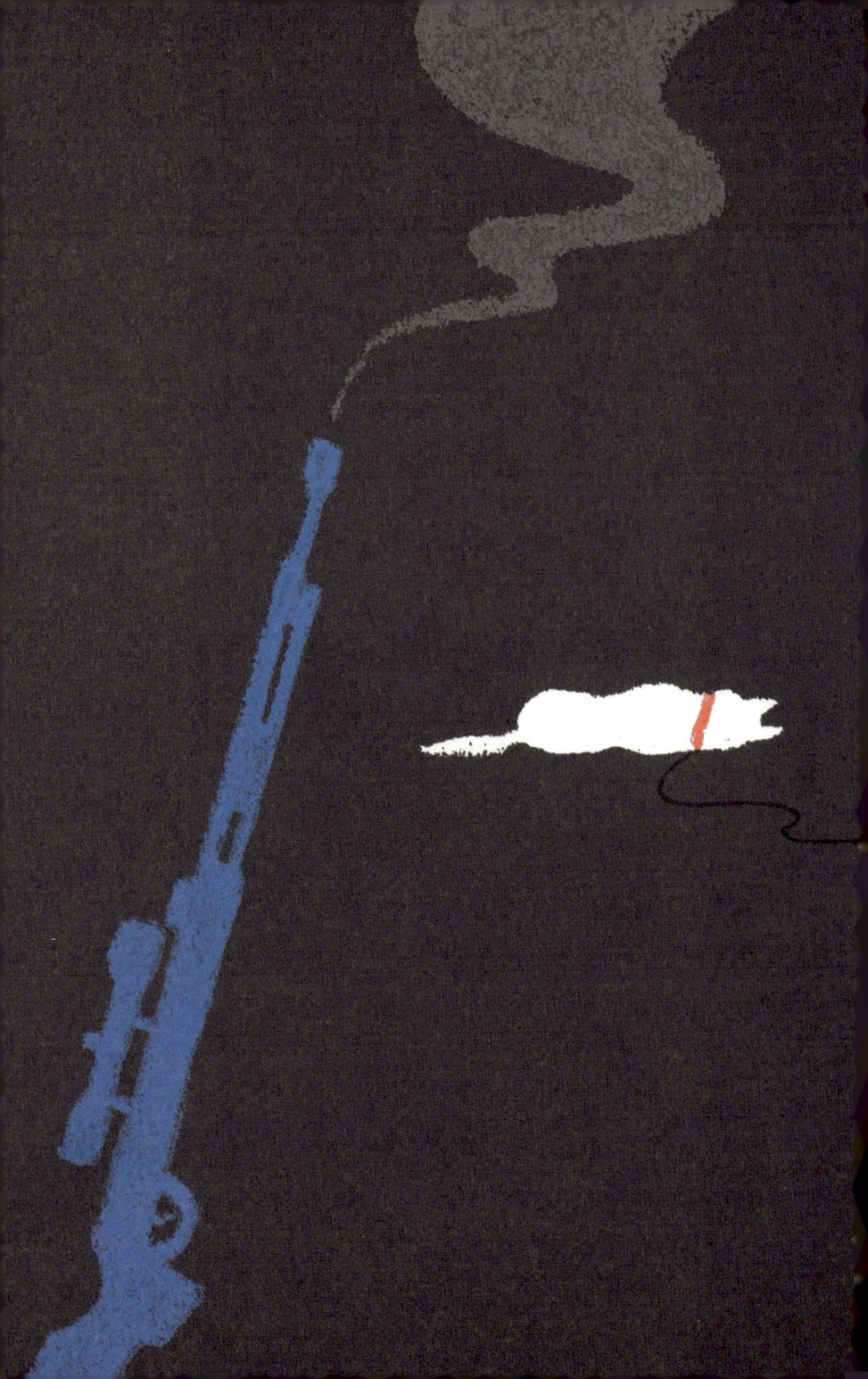

사장의 눈빛은 단호했다. 실수로 메리를 죽이고 그 난처함을 닭의 죽음으로 덮으려 하고 있다. 온몸으로 싸늘한 기운이 올라왔다. 난 이 느낌이 무엇을 의미하는지 본능적으로 알 수 있다.

사장이 주머니에서 총알을 꺼내 장전했다.

"메리, 저놈이 오늘은 정말 날 잡을 생각인가 봐. 분명 내 실수야. 내가 너무 날뛰었어. 사람과 눈이 마주치고 날 다른 닭들과 구분하게 하면 안 된다는 것을 알면서 내가 너무 흥분했던 거야. 이제 방법이 없어. 저놈이 가지고 있는 총알을 모두 피하거나 저놈에게 사랑받는 방법밖에는 없는데 내가 이 좁은 닭장 안에서 저놈의 총알을 모두 피하는 것도, 저놈에게 사랑받는 것도 불가능한 일이잖아. 그래, 난 사람들이 좋아하는 개가 아니니까. 메리, 나 이제 더 이상 닭이 싫어. 너도 알잖아. 난 여기서 충분히 오래 살았어. 메리, 정말 내가 사람이었을까. 내가 그녀와 사랑을 했을까."

메리는 말없이 눈을 감고 있었다.

'찰칵.'

장전되는 소리와 함께 사장의 총구가 나를 향했다. 난 양쪽 날개를 들어 사장이 있는 쪽으로 몇 발짝 다가갔다. 내 움직임에 놀란 사장이 한 발짝 뒷걸음질 친다.

내 눈에서 뜨거운 것이 흘러내렸다. 눈물이었다.

"메리, 내가 눈물을 흘리고 있어. 그러니까 난 닭이 아니야. 이건 사람의 눈물이라고!"

나는 날개를 펴 들었다. 포효하는 독수리처럼 날개를 들어 내

몸을 최대한 크게 만들었다.

"자, 이제 쏘면 돼."

'탕.'

총소리가 들렸다. 그리고 내가 쓰러졌다. 심장이 멈춘 게 느껴졌다. 그런데 분명 죽지 않았다. 다들 이렇게 죽는 것인지 내가 사람의 의식을 가진 닭이라 죽는 것도 특별한 것인지 알 수가 없다.

어쨌든 아직 끝나지 않았다. 몸은 움직이지 않지만 사람의 소리가 들리고 있다.

"여사장님, 저 수탉이 눈물을 흘려요."

손밍의 목소리다.

"나처럼, 아무 힘도 없는 제 신세가 슬펐나 보지요."

소연의 목소리다.

"닭이 뭐라고 눈물을 흘려. 닭은 기껏해야 닭이야. 사람이 아니야."

사장의 목소리다.

"난 사람인 게 창피해요."

소연의 목소리다.

"저도 가끔은 그래요."

손밍의 목소리다.

"이제 손님 맞을 준비를 해야 돼요. 성호가든은 그대로예요. 아무것도 변하지 않았어요."

소연의 목소리다.

"그래야지. 사람들이 닭고기를 얼마나 좋아하는데. 성호가든

간판은 그대로 쓸 거야?"

사장의 목소리다.

"당연히 그대로 써야겠지. 성스러운 이름이잖아요. 언니, 처음 오는 손님한테 저 수탉을 잡아 주세요."

소연의 목소리다. 귀가 닫히고 있는지 사람의 목소리가 점점 멀어진다.

가만, 내 옆으로 닭 한 마리가 걸어오는 게 느껴진다. 그 닭이 내 주위를 서성이고 있다. 그런데 그 닭이 말을 한다. 그런데, 그런데 그 닭의 몸에서 사람의 소리가 나온다.

"갑자기 의식이 돌아왔어. 깃털처럼 가벼운 내 영혼이 떠다니다가 갑자기 내가 닭장으로 돌아온 거야. 난 아무것도 기억이 나지 않아. 하지만 내가 사람인 것은 분명해."

이건 닭의 소리가 아니라 사람의 목소리다. 그런데 낯익은 목소리다.

하하하. 이제야 알겠다. 그래 주인 남자의 목소리다. 분명 주인 남자의 목소리야!

내 귀가 닫힌다.

작가의 말

찰스 이야기를 쓰기 시작한 건 오 년 전입니다.

처음부터 소설과 희곡 두 가지 버전으로 쓰겠다고 마음을 먹고 작업을 시작했습니다. 극작과 동화 작업을 함께하는 저에게는 새롭고 흥미로운 시도였습니다. 물론 쉬운 작업이 아니었고 작업도 더디게 진행됐습니다. 결국, 잡혀 있는 공연 일정 때문에 희곡을 먼저 마무리했는데, 중단했던 소설 작업에 다시 집중하는 게 여러모로 쉬운 일이 아니었습니다. 어쨌든 가까스로 이 년 만에 원고를 끝냈고, 소설과 희곡을 동시에 출판하게 되어 기쁜 마음입니다.

찰스 이야기는 이십여 년 전, 작은 기억에서 시작됩니다. 그날 저는 시골에서 할 일 없이 닭장을 보고 있었습니다. 그렇게 진지하게 닭장을 오랫동안 보는 건 처음이었습니다. 닭장을 보면서 닭의 삶과 운명에 대해 생각했습니다. 생각하면 할수록 닭들의 운명이 서글프게 느껴졌습니다. 어느 순간에는 미안한 마음이 들기도 했습니다.

그날의 기억이 머릿속 어딘가에서 자라고 있었습니다. 그러다 소설 『찰스』가 되었습니다. 찰스 이야기가 독자들에게 재미있기를 바랄 뿐입니다.

그림을 그려 주신 조원희 선생님과 책 만들어 주시느라 애써 주신 문학과지성사 편집부 선생님들께 감사드립니다.

2019년 3월
한윤섭